斎藤史子
重光寛子
地場輝彦
登芳久
藤野碧
渡辺光昭

勝又浩［解説］

現代作家代表作選集 第4集

鼎書房

目次

傷痕……斎藤史子・5
じいちゃんの夢……重光寛子・61
瑞穂の奇祭……地場輝彦・93

てりむくりの生涯……登　芳久・113
雪　舞……藤野　碧・135
落下傘花火……渡辺光昭・157
解　説……勝又　浩・189

傷痕

斎藤史子

1　三月十一日の悪夢

鈍い地響きを感じて八重子の身体が一瞬緊張した。地震の予兆であることは何度もの体験でわかっていた。本能的に傍らのテーブルの脚に手を出し、その下に潜り込む用意をしている。案の定身体に感じる揺れがきた。テーブルや食器棚ががたごといい、柱に下げた飾りものがわずかに揺れた。これなら震度3だ。大したことはない。しかし油断はならない。余震の方が大きいということもあった。学校に行っている孫娘の知加のことを思った。知加はまた怯えているのだろうか。テレビをつけて地震速報を見る。震源は宮城県北部、マグニチュード5・4、津波の心配はありません、と出ている。震源地は岩手県境に近い内陸部らしい。

三月十一日の大震災のあと、この程度の揺れなら何度来たことか。一度震度5強の強いのがあり、その時は補強前の食器棚が傾いて、飛び出した皿やコップの半分程が割れた。震度4が何回か、3や2の軽いのは数えられないほど頻繁に起きている。その度に知加は八重子の身体にしがみ付いて離れない。八歳の少女の小さな手の強さに八重子は驚き、幼い掌から祖母の胸や腰に孫娘の嘆きが伝えられているようで心が痛む。小学校では担任の女教師に縋り付くらしい。事情を知っている若い教師が半泣きの表情でそれを伝えるのに、八重子は頭を下げるしかなかった。

あの日、八重子は塩釜《しおがま》市の自宅でくつろいでテレビを見ていた。まだ気温は低く、堀炬燵に足を入れていたが、穏やかな昼下がりであった。三年前に夫が病死してからは気楽な一人暮らしである。午前中に大方の家事は片付き、午後は出掛けたり、訪ねてきた友人と話したり、テレビを見て過ごしている。二時にドラマが終ってからは、友人と始めたアートフラワーの材料を持ち出して作業をしながら付けっ放しの画面にちらちらと目をやっていた。さる女優の離婚話をリポーターが告げ、出席者がさまざまにコメントしていた。

先ず地鳴りがしてぐらりと畳が揺れ、身体が傾いたのは、八重子が戸棚にしまっておいた貰い物の和菓子を三時のおやつに食べるために腰を上げようと思っていた時である。ぐらりが何度も来て八重子は畳の上を転げた。地震だと気がついた時には居間の戸棚が倒れ、テレビは台から転げ落ちていた。正月にやってきた息子の祐平が、いずれ代えなければならないのだからと電気店から買ってきた地デジのテレビである。中型だったが、材質のせいで昔のと較べたらすごく軽いんだと祐平は言っていた。そのせいか、簡単に転げ落ちている。そんな場合ではないのに、「新しいのにテレビが惜しい」と八重子は柱に掴まって身体を支えながら考えていた。

外では町のサイレンが鳴っている。

「津波警報発令、津波警報発令、津波が来ます。海岸地帯の人は高台に避難してください」

と繰り返し放送が告げていた。

「佐々木さん、大丈夫がね、佐々木さん」

玄関の戸を叩く音がして隣家の主人の声がする。消防団にも所属していて、一人暮らしの八重子を気遣ってくれている。

また揺れがきて、八重子は居間とリビィングとの間の柱に掴まったまま、どうしようもない。もっと揺れて何かが落ちてきたらリビィングのテーブルの下にもぐろうと思っていた。

「玄関が開がないぞ。佐々木さん！　佐々木さん！」

という声が聞こえて、隣家の主人は裏に廻ったようだ。台所のドアのきしる音がして主人が飛び込んできた。

「佐々木さん、大丈夫がね。隣り組の人たちが公民館に避難するがら一緒に行ご。この地震はひどい。只ごとではねぇ」

八重子は腕を掴まれて否応なしに連れ出され、外に居た七、八人の人たちと一緒に高台の公民館まで歩いた。その間にも小さい揺れが何度かきた。サイレンも繰り返し鳴って津波の襲来を告げた。

塩釜はもともと漁港であるが、最近住宅地が郊外にひろがり、八重子の家も高台にあった。昔からの港町を思い、そこには津波が来るのだろうかと想像して八重子の胸は騒いだ。

夜になっても家に戻ることは出来なかった。電気も水道も止まり蝋燭を灯した広いホールに近所の人たちが固まって座っていた。あとからも次々に住民が避難してきて、その人たちの口から港の方の惨状が語られた。海岸近くの家は攫われたり浸水したりして、流された漁船がまた押し戻されて堤防の上に乗っているという。

「どこら辺まで津波なのがね」

蝋燭を配っている消防団員に誰かが尋ねた。

「さあ、岩手県から宮城県一帯と言ってるが、わしらもまだよぐわがらね。とりあえず今晩だけは気をつけておってや。何もないが」

情報は何も入っていないらしい。今は自分の身を自分で守るだけであった。

暗くなってからも三度軽い余震がきた。次第に気温も下がってくる。出る時にあわてて持ってきた炬燵の上掛けで身をくるみ、八重子は目を瞑った。暗闇の中から赤子の泣き声が聞こえる。幼い子がぐずる声もする。

そうだ、祐平のところはどうなっているのか。子供の声が孫の知加の面影を連れてきた。

祐平一家は野蒜《のびる》という海岸の町に住んでいる。遠浅で宮城県でも有数の海水浴場である。塩釜に津波が来たのなら野蒜にもきっと水が上がっているだろう。しかもあそこの家は海の近くにある。悪い予感に襲われて八重子の身体に震えがきた。祐平と妻の真弓、小学生二年の知加の三人家族である。あの時間なら皆家には居ないだろう。祐平は中学校の教師、真弓は町の漁業組合に勤めている。知加は小学校、三人ばらばらに居てどうなったのか。考えれば考えるほど不安が押し寄せて、夜が更けても眠るどころではなかった。祐平の上に娘が居て、こちらは世帯を持って埼玉県に住んでいる。北部の内陸地だから心配はないだろう。

「腹が減ったな」

と男の声がした。

「家はどうなってるのがね」

とぼそぼそ呟く女の声もする。

「夜明けるまで待づしかねぇなあ」

諦めたように誰かが言った。

時々一人二人とトイレに手さぐりで進む以外動くことも出来なかった。

やっと長い夜が明けた。

「近所の住宅街の方は家を見に行ってください。港に近い方は消防団から報告があるまで待機してください」

と指示が出た。

八重子は隣家の家族と一緒に公民館を出て坂を下りた。家の外観は変わりなく建っていた。裏口から入って家の中を調べた。リビィングの棚のものは落ちて散乱し、冷蔵庫は滑ってテーブルに付き当たっていた。奥の座敷では仏壇が転げて部屋の隅まで行っているのにたまげてしまった。結構大きな仏壇である。中の仏具や位牌は部屋中に散らばっていた。位牌を机の上に置いただけで、あとは片付ける気も起こらず、八重子は居間に座り込んだ。居間でも飾り棚の置物や人形が散らばり、テレビはころがったままである。溜息をついてしばらくそうしていたが、窓から差し込む朝日に気がつくと、急に空腹をおぼえ、斜めに向いたままの冷蔵庫からパンを一枚出してきてそのままちぎっては口に入れた。

その日も次の日も情報は入らず、様子を見に出た近隣の男たちの口から海岸地帯のひどい状態を聞かされるだけであった。

「野蒜はどんなだべ？」

とその人たちに聞くと、

「そりゃあ、やられてるべ」

と誰もが言った。

胸をつぶされる思いで一日を過ごした。電気が止まっているからテレビはつかない。新聞も来なかった。電池で動くラジオがあったのを思い出して探し出し、ダイヤルを回した。やっと電波を合わせるとどこからの放送か、しきりに各地の被害を伝えていた。岩手県から福島県までの太平洋沿岸広域にわたって津波が襲ったらしいが、とぎれがちの放送では詳細はわからなかった。

三日目に祐平の顔を見た時、八重子はその身体に取りすがって泣き出しそうになった。

「無事だったが、無事だったが」

と繰り返すだけの母親に祐平は、

「まあ、落ち着いて」

と居間に座らせ、

「ここは大丈夫だったな」

とあたりを見回した。戸棚やテレビ、冷蔵庫などの大きな物は、隣の主人と息子が元に戻してくれ、散らかった細々した品を八重子は虚ろな思いのままに片付けていた。

「野蒜の家は流されて何もない」

座り直した祐平が母親の顔に目を当てて言った。八重子はぽかんと祐平を見ている。

「ひどい津波だった。うちのあだりにはもう何も残ってない。松林まで流れてしまった。それに真弓がな、まだ避難所に来ねんだ。三日たったのに姿を見せね」

「えっ、それってどういうごと？」

八重子の声が上ずっていた。

「知加は学校の先生に誘導されて避難所に来たが、真弓が現れないということは、行方不明ってごとだ。あいづの勤め先は海に近いんで逃げられながったということだ」

「そんな！　どっか他のどこに行ってるどが」

祐平は首を振ってうなだれた。

津波に流された人が居るなど考えもしなかった。その中に嫁の真弓が入っているとは！　この世には神も仏もない、八重子は心底からそう思った。

「知加は？　知加はどうしてる？」

母親が行方不明だということを知加は知っているのだろうか。

「そのごどなのだが。今は避難所で先生も一緒だが、いづまでもあそこに置いでおくわけにもいかない。俺も学校があって、中学生の面倒を見ねばなんねし、真弓の行方も探さねばならね。それで知加をここに連れてきたいんだが、お袋大丈夫が？」

祐平は切羽づまっていた。八重子はこくんと頷いた。それはそうだ、ここで私が役に立たなければ──

「大丈夫に決まってるべ。ここに連れでこ」

と八重子は即答した。

祐平は塩釜育ちだが、中学校の教師になって何年か経ったあと野蒜の学校に転勤した。そこの校長にすすめられて真弓と見合いし、結婚した。真弓の家は野蒜の旧家で、父親の代になって海産物商を営んでいたが十年ほど前に亡くなった。真弓には姉が一人居て既に嫁いでいたので、祐平は養子の形で結婚したが姓は変えなかった。真弓の母親は一年前に心臓発作で急死していた。知加の世話をする者は他に居なかったのである。

四日目に電気が通じて、早速埼玉県に居る娘から電話がかかった。

「ああ、やっと通じた」

娘の早智は叫ぶように言って一息ついた。

「何度かけたことか。お母さん大丈夫？　家はどうなってる？」

娘の声を聞いて八重子は涙を押さえられなくなった。

「家はもってるがね、それが、それが大丈夫ではねぇの」

母の涙声を早智は聞きとがめた。

「どうしたの、母さん、何かあったの」

「祐平の家が流されて真弓さんが帰ってこねぇの」

「帰ってこないって、行方不明？」

早智は息をのんだ。

「祐平の家は海岸に近かったものね。野蒜の被害はテレビでも言ってた。塩釜は大したことなさそうだったから、少しはほっとしてたのに。とにかく母さん元気出してね。うちの人の会社が休みの日に車で行くから」

またかけると言って、早智は一旦電話を切った。

そうだ、電気が来たからテレビがつく。八重子はリモコンを押した。すぐに被害状況が写った。気仙沼市、南三陸町、岩手県の陸前高田市、仙台市でも海岸地帯の荒浜がやられている。衝撃を受け、震えながらも八重子はテレビの画面から目が離せず、硬直したように居間の炬燵から出られなかった。

翌日、祐平が知加を連れてきた。おばあちゃん、と知加が飛びついてきたが、事情が事情だけにいつものように言葉がかけられない。「よぐ来たね」とだけ言って抱きしめた。髪の毛が汗臭かった。

「ここも水はまだかね」

祐平が聞いた。

「ああ、給水車が来てる」

「ガスもまだだろうし、不自由なのは同じだな。風呂は?」

「石油ストーブで湯を沸かして身体を拭いてるよ。知加もそうしてやっぺ」

ほっとした表情で祐平は頷いた。

知加がそばを離れたすきに祐平にそっと聞いた。

「真弓さんはその後もわがらねのが?」

祐平は沈鬱な表情で頷いた。

「知加は知ってるのが?」

「そのうち帰ってぐると思ってる」

八重子は嗚咽がもれそうになるのをやっとこらえた。

「いいか、知加、お父さんは仕事があるから帰るが、知加はおばあちゃんとこの家で居ってよ。ここならよく眠れるし、御飯もある。お父さんまた来るがらな」

知加はこくんと頷いてから聞いた。

「学校は?」

「学校がはじまったら迎えにくるがらな」

知加の小学校も、祐平が勤める中学校も山手にあったので流されずにすんだという。真弓の勤め先だけが海に近くて流された。もし地震が夜中だったら自宅で寝ていて三人共攫われたかもしれない。

八重子はそう思うとぞっとした。生死の差はほんの偶然であり、それぞれの運命であった。

孫娘と二人の生活が始まった。まだまだ不自由だったが、やがてガスも通じ、店舗にも品物が戻って元の暮らしが出来るようになった。知加の転校手続きのために祐平が一度帰ってきた。四月の新学期からは近くの小学校に通わさなければならない。

「お母さんは一緒でねの？」

祐平の顔を見た知加が言った。

八重子はどきりとしたが、

「うん、まだだ」

祐平はさりげなく答えた。

「野蒜の学校はなかなか始まらねがら、こっちの学校にはいれな。勉強がおぐれるがら」

と言い聞かしている。

「真弓さんはまだ見つからねが？」

そっと尋ねると祐平は首を横に振った。

「遺体安置所を見で廻ってるがだめだ」

祐平は憔悴して無精髭を生やしていた。中学校は四月の新学期にも間に合わないだろう。残っている生徒は半数にも満たないだろうと言う。

余震はまだ続き、その度に知加は八重子の身体にしがみ付いて離れない。

「津波は来ね？」

と耳元で聞いている。

「ここには津波は来ねよ。大丈夫だよ」

八重子も知加の耳に口を寄せて答えた。幼な児の匂いがして、まるで娘を抱いていた昔に返ったように八重子は錯覚した。

知加と二人で生活しながら、八重子は京都に住んでいる高校時代からの友人、皆川頼子の経験を思い出していた。バスケットボール部の先輩だった頼子とは気が合った仲間として付き合い、結婚して彼女が関西に住んでからも時々文通して消息を伝え合っていた。

十七年前の阪神淡路大震災のあと京都の頼子を心配した八重子は手紙を出したが、しばらく返事がなかった。電話はいつも留守電だった。二ヶ月ほど経ってから受け取った返事を読んで八重子は驚愕した。

京都も揺れたが被害が出るほどではなかった。しかし長男夫婦が神戸市東灘区に住んでいたので家が崩壊し、一階の寝室に二階がもろに崩れ落ちた。息子とその妻はおそらく即死、生後一ヶ月半の赤子が真中に寝ていたが、奇蹟的に助かった。その孫を頼子が引き取って育てているという。現場に駆け付けた頼子は助け出された孫を抱いて座り込んだまましばらく動けなかったと手紙に書いていた。

八重子はその場を想像して涙が出てきた。頼子の気持ちを思って何日かの間自分も落ち込んだほどだった。

関西に旅行して頼子に会ったのは八年前である。育てていた孫は八歳になっていた。今の悩みはいつその子に両親のことを知らせるかということだ。

「生後一ヶ月から育てているんでね、つい私たちをパパ、ママと呼ばせたの。いつまで続くかわからないのにね」

八重子は友人の深刻な表情をつくづくと眺めた。一人息子の忘れ形見を乳飲み児の時から育て上げた頼子にしたら自分の子としか思えないのは当然かもしれない。泉という名のその子は、戸籍上は養子になっているというから、父母で通してもいいわけだが、頼子にしてみれば実際の親である息子夫婦のことを話したいのも本心であろう。

あれからまた八年の年月が流れた。女の子は十六歳になっているはずだ。高校生になって既に真実を知ったのだろうか。頼子とは相変わらず文通し、東京で開かれた同窓会で会いもしたが、そのことには触れていない。

今度は東北で地震が起き、八重子は息子こそ残っているが、あの時の頼子と同じ立場になった。地震のあと電話が通じるようになってから頼子から連絡があり消息を聞いてきた。八重子が息子の家のことを話し、

「十六年前のあなたと同じ。でも息子が助かっただけましね」

と言うと、電話の向こうで頼子が絶句しているのがわかった。

知加は八歳で、八重子が京都で頼子の話を聞いた時の彼女の孫の年齢と同じである。おそらくしばらくは知加を育てなければならないだろう。落ち着いたら頼子の話を聞こうと思った。

三月の末の日曜日、娘の早智が夫の車でやってきた。飛行機の到着地である仙台空港も新幹線もまだ復旧していない。仙台から塩釜にくるのは仙石線《せんせきせん》という仙台、石巻間の鉄道によるが、海岸地帯を走っているのでそのダメージはひどく、いつ復旧するやらわからなかった。車の道だけがどうやらつながったらしい。

「お母さん、食糧と水を持ってきたけど」

早智が夫の努と二人で大きな荷物を運び入れた。

「まあ、ありがとう。でももうお水は出てるって言ったのに」

「このミネラルウオーターはおいしいから飲んでみて」

早智は二、三本を冷蔵庫に入れた。そしてまあ、知加ちゃんと姫を抱き寄せた。

「大変なことでしたなあ。こちらは大したことないようでよかったですが、祐平くんの所なあ」

知加をちらちら見ながら努は言葉を濁した。

「港の方はやられたんでしょ。飯沼さんのとこなんかどうしたかしら？」

早智は港の近くに住む友達の名を上げて案じた。

「お昼作るね。そばでいいがな？」

八重子が立ち上がりかけると、

「母さんに厄介かけたら悪いから、うちでお弁当作ってきたよ」

と、早智が包みを開けた。大きなお握りとおかずを詰めたポリボックスが並べられ、知加が目を輝かせて寄って来た。

「おう、今日は東北式お握りだ」

と努が冷やかす。東北では丸く大きなお握りに梅干しを入れ海苔を巻く。

食事のあと早智は港の方を見に行くと言って努の車で出て行った。出しなに知加を誘ったが、知加には学校の宿題があるから、と八重子が断った。それは本当で知加を急かせて机の上に宿題を広げさせたが、港の方に知加を行かせたくないのが八重子の本心であった。津波の被害地や海を知加に見せたくなかった。知加が過剰に反応するのではないかと不安であった。祐平にもそれを注意されていた。

知加は素直に勉強を始めたが、その横顔を見ながら八重子は孫娘の心の内を測りかねていた。三つや四つの幼児であるまいし九歳になる知加が、母親がそのうち帰ってくると本当に信じているとは思えないのである。テレビのニュース情報は意識して知加には見せないようにしていたが、時折新聞をひろげて被害地の写真を盗み見ているのに気付いたこともある。あたりの状況も理解しているようだし、学校の友人から話を聞くこともあるだろう。祖母の前で母親の名を出さないのも不自然であった。母親は生きている、いつかは自分の元に帰ってくると意固地に思い込んでいる風にも見えた。今はおとなしくいい子で居るだけに、地震、津波の後遺症がいつどのように現れるのか、八重子は不安でならない。

戻ってきた早智と努は興奮していた。

「海岸通りの家はみな被害を受けていてびっくりしたわ。飯沼さんの家の人たちは避難所に行ってるらしいけど、会えないだろうなあ」

「ひどいもんですなあ。津波っていうのは恐ろしいですなあ」

海を知らない都会育ちの努は殊に驚いた様子であった。

しばらくして祐平から連絡があった。日曜日には必ず知加に会いにきていたので、八重子も心待ちにしていたのだが、その日は担任の生徒の父親の遺体が上がって葬式があるから来られないとのことであった。それを聞いて姉夫婦はまたうなだれた。

「お父ちゃん、来られねの？」

と知加は一瞬淋しそうにしたが、それ以上追及もしないのが大人たちには不憫だった。

二人は夜八時頃までには帰りたいと言って夕方慌ただしく発って行った。

「知加ちゃん、おばちゃんまた来るからお利口にしててね」

と言って知加を抱きしめた早智は涙声であった。


毎日がどうにか過ぎて行って震災から二ヶ月余りが経った。季節も良くなって暖房もやっと不要になる。知加は学校にちゃんと通い、勉強もこなし、時間になれば「ただいま」と帰ってきて八重子を安心させる。知加の方も祖母の顔を見てほっとしている様子であった。帰宅した知加と一緒におやつを食べるのが八重子の日課になった。知加の好みのおやつを用意しておく楽しみも増えた。

最近は祐平の学校の方も少し落ち着いて、日曜日にはよほどのことがない限り実家に帰ってくる。息子のためにご馳走を作り、三人で食卓を囲むのも八重子の楽しみである。祐平は知加の積もる話を聞き、近くの公園へ行ったりして娘と触れ合っていた。

土曜日には相変わらず真弓を探し廻っている。それはわかっているから八重子はもう尋ねもしない。祐平が何かを言い出すのを待っているだけである。

五月の末、日曜日に一日祐平と機嫌良く過ごして三日ほど経った日であった。いつもの時間に知加が帰ってこないので八重子は不審に思ったが、友達のところにでも寄っているのだろうと、さほど気にもしなかった。最近新しい学校にも友達が出来て家に連れてきたりする。勉強部屋で本をひろげたり、居間でテレビゲームに興じているのを、よかったと思って八重子は眺めている。

夕飯の支度が出来て日が暮れかかってきても帰ってこないので八重子は不安を感じ始めた。外に出て道路をうかがい、玄関を出たり入ったりした。友達は二人の名前しか知らない。苗字を思い出し電話番号簿を繰った。一軒ではそんな子供は居ませんとつっけんどんに返されながらどうにか二軒に確かめた。どちらも子供は帰宅しているが佐々木さんは来ていません、という返事だった。

外は暮れてきて八重子は胸がどきどきしてきた。こんなことは初めてだった。どうしていいかわからない。頼るのは祐平だけである。祐平の携帯番号を押す指が震えて自分の手でないようだった。まだ仕事中なのか、留守テレ対応になっている電話に事情を話す時も声が上ずっている。三十分程して返って来た祐平の声も昂ぶっていた。

「何も言ってながったか、変わった様子はながったか」

と立て続けに聞かれても八重子には答えようがない。学校に出る時はごく普通でいつもと同じだった。学校で知加に何かがあったのか、通学途中に何か起こったのか、八重子にはわからない。

「とにかくすぐ帰る」

と祐平は電話を切った。祐平が車をとばして来る間も八重子は玄関を出たり入ったりしていた。隣家の主婦が見咎めてどうしたのかと聞かれ、八重子は黙っていられなくて成り行きを打ち明けた。皆、知加の事情を知っているので大騒ぎになった。

「それは大変だ。もう八時になるべ。消防に言って手分けして探さねば」

消防団員である隣家の主人が手配して探しに出ようとしているところに祐平が帰ってきた。学校の担任の先生を伴っている。

「あれからすぐ小学校に連絡して先生に様子を聞いて一緒に来てもらった」

担任の女教師は青ざめていた。

「知加ちゃん、授業の間も帰る時も変わりなかったんですが、思い当たることがひとつ――」

と話し始めた。

六月に入ると震災から百日目の日がくる。地区ごとに犠牲者の百ヶ日法要を営む計画があり、塩釜地区でも市内の寺で法要を営む予定がある。朝の朝礼で校長がその話をした。被災者に対するいたわり、時に起こる余震への対策など、折にふれて話していたが、震災の犠牲者に触れるのは初めてであった。その小学校にも何人か家族を亡くした子供が居た。なんと校長はそんな生徒たちに手を上げさせたのである。皆さんも百ヶ日法要にはぜひ参加して家族の冥福を祈るように、と校長は言った。生徒の何人かが挙手をした時、担任はどきりとして自分の受け持ちの列を見た。知加は手を上げていなかった。じっと下を向いて立っている知加は身体を固くして何かに耐えているようだったと女教師は述べた。

「校長がなんでそんな話をするんだべ」

隣の主人が怒りの言葉をはなった。

「私も知加ちゃんの気持ちを思って朝からずっと注意していたのですが、一日中様子は変わらないので油断してしまいました。帰り道を一緒したらよかったのに、申しわけありません」

若い女教師は泣き出さんばかりであった。

知加が朝礼で手を上げなかったということは、母親の死を認めていないということなのか。知加は認めたくても認められないのだ。まだ二年生の幼い心を引っかき廻すような発言をよくぞしてくれたものだ。八重子は腹がたってきて、目の前の教師を殴りたくなるのをやっと押さえていた。

「とにかく手分けして探すべ。消防に詰めている者は学校からの道なんかを捜索してくれでるはずだ」

隣家の主人の言葉に祐平と女教師が外に出た。

「お袋は家で電話を待ってろ」

じっとしていられなくて今にも飛び出しそうな八重子に祐平が言った。

知加は塩釜港からさらに東の海岸でうずくまって泣いているところを消防隊員に発見された。車に乗せようとしてもじっと動かないので、祐平が呼ばれた。

八重子は電話でそれを知って安堵し、夕飯をあたため直し風呂の準備をして二人が帰るのを待った。車の音がして表に飛び出すと隣の主人が一人だけ降りてきた。

「ああ、八重子さん、よがったね、見づがって」

八重子はありがとう、ありがとうと隣人の胸にすがった。二人の姿はない。

「あの人らは？」

「知加ちゃんがな、海岸に座って動がねんだ。祐平さんにしがみ付いてわんわん泣いでる。二人ぎりにしてくれ、って祐平さんが言うんで皆引き上げできた。間もなく帰ってくるべ」

八重子は納得して部屋に戻ったが、三十分経ち、一時間しても二人は戻らない。いらいらし出した時、車が着いて知加を抱きかかえるようにして祐平が入ってきた。

「知加ちゃん、なんで一人だけで――」

孫娘に飛びついて喋り出そうとする八重子を祐平が止めた。

「すっかり冷えてんだ。先に風呂に入れでやってくれ、お袋」

あわてて着替えの用意をして風呂に入れ、食卓に座らせたが殆ど食べず、思い出したように泣きじゃくるだけだった。十時を廻った頃祐平が付いてやっと寝かせた。

祐平が居間に戻ってきて力が抜けたようにテーブルの前に座り込んだ。憔悴しきっていて、よく見ると目が腫れぼったい。

「どうしたんだろ、あの子。海岸で長いこと何してた？」

「うん、今まで何も言わなかったが、今日のごとで爆発したんだべ。泣いで、泣いで。俺までよぐ泣いた」

そこは塩釜港から六キロほども東に行った海岸だった。知加は消防隊員に囲まれて砂の上に座っていた。祐平がそばに寄って「知加、帰るべ」と言っても動かないで泣いている。祐平が抱き寄せるとさらに泣きじゃくった。取り囲んでいる人たちには礼を言って帰ってもらった。

「お母ちゃんは――お母ちゃんは――」

と泣き叫ぶ娘を祐平もどうすることも出来ず、ただ抱きしめているだけだった。

「野蒜へ帰ろう」

と知加は泣きながら言う。

「野蒜の海にお母さんが居るよ。待ってるよ」

その言葉に祐平も涙を誘われた。

「よし、今度野蒜へ行くべ。今日はもう暗れがらな、今度の日曜に行くべ」

祐平は娘を抱いて約束した。

「野蒜に行ったらお母ちゃんに会えるよね」

知加は父親にしがみ付いてまた泣きじゃくった。「うん、うん」と頷き、暗い海面を見つめ波の音を聞いていた。知加の涙が上着を通しシャツにまでしみた。泣きじゃくる声が収まった時、

「ばあちゃんが待ってるがら帰るべ」

と諭してやっと車に乗せた
祐平の話を聞いていて八重子も途中から泣き出していた。

「なんとも切ねな。一人で野蒜まで行こうとしてたんだべか。真弓さんのことは今まで何も言わねがったが、ずっとあの小っこい胸の中にしまってたんだな」

もう寝たかと思って二階に上がると、まだ起きていて寝室の窓から星を見上げていたことが何回かあった。八重子の姿を見るとにこっと笑って寝床に入るので、八重子はそれほど深刻には考えなかった。あれも母のことを思って星を見ていたのだろうか。孫娘の気持ちを察してやれなかったことを八重子は深く後悔していた。

「百ヶ日法要というのは野蒜でもやるんだべか」

祐平に尋ねた。

「さあ、まだ聞いてね。百日っていったら六月の半ば過ぎだべ。小学校の校長も早まったことを喋ったもんだ」

子供の気持ちをわかってねんだ、と八重子はまた腹が立ってきた。

「うちはまだ遺体が見つかってねんだから百ヶ日もなにもねえべ」

祐平の口調は険しかった。

「俺は明日も休めねえ。知加のこと頼んでおくよ」

二階の知加の寝顔を見てから祐平が家を出た時は既に十二時を過ぎていた。

翌朝、学校へ行ってくれるか心配したが、知加はいつも通り起きて朝食を取り誘いにきた友人と一緒に登校してくれた。泣きはらした目が腫れぼったいだけであとは変わりなかった。八重子はひと安心し、祐平の携帯にその旨連絡を入れた。

次の日曜日、約束通り祐平が迎えにきて知加と二人車に乗った。野蒜には行きたくない気持ちが強いが、知加のために辛抱しなければならない。塩釜を抜けしばらくは海岸から遠い国道を行くが、野蒜に近くなるにつれて海沿いの道に出る。左手に河が流れる。吉田川という。下るにつれて河の様子が違ってくるのに八重子は目を見張った。両岸の土がえぐられていて川幅が急に広くなり中州が出来ていてその上に何かの残骸が打ち上げられている。

「この河、こんなに大きくなかったよね」

八重子が呟くと、

「水が河を上ってきて被害がひろがった」

と祐平は腹立たしそうに言う。

辛うじて車は走れるように片付けられているが、道の両側には瓦礫が積まれている。仙石線の線路に行きあたると、枕木は上下し、線路は折れ曲がってひどい状態である。

少し走ると野蒜駅の建物の前に出た。全壊であった。野蒜駅という標示をつけたまま板壁も柱も傾き内部はがらんどう、入り口の前には電柱が横倒しになっている。駅を降りると現れる松林がここのひとつの風景だったのだが、殆どの松がなく、残ったものはなぎ倒されたり、辛うじて立っている木も茶色に変色している。

「海からは大分遠いと思うげど――」

八重子は溜息をついた。

「誰もこんなどごまで津波がくるなんて考えもしないよ。とにがく家まで行ってみるべ」

祐平は知加の顔を覗いた。

「知加、だいじょぶか」

知加は口をつぐんだまま、こくんと頷いた。車に乗ってからひと言も喋らない。被災地を見て知加が何か影響を受けないか、八重子も祐平も心配していた。しかし母の死を自覚させるためには見せなければならなかった。

駅の前から車を走らせた。海から濃密な松林で隔てられた住宅地にもともとは真弓の父のものである家があった。途中、市役所の支所や病院や公民館の建物があったが、すべて外側だけが残って内部はがらんどうである。その度に八重子はあれ、まあと声を上げげた。波はなんでも攫って行くのだ。

祐平の家には何度も来ているのに、まわりのものが何もないのでどこら辺かがわからない。車が止まった場所の門柱にたしかに佐々木という表札があった。

「あれ、まあ、ここがね」

車を降りた八重子は目を丸くして残っている門柱と家の土台を眺めまわした。表札を嵌め込んだ門柱がなかったら、どこが誰の家か見わけがつかないだろう。同じような家が並んでいた住宅地なのに、どこの家もコンクリートの土台だけであった。

「きれいさっぱりだべ。残ってた瓦礫は自衛隊がかたずけて小学校の校庭にまとめてある」

祐平はそう言ったあと八重子の耳元に口を寄せた。

「行方不明者を探さねばなんねがら、瓦礫は丁寧に取り除いでくれでだ」

自宅が崩壊した中から見つかった遺体も何体かあったらしい。真弓は自宅のあとには居なかったということだった。

知加はじっと家のあとを見ていたがやがて門柱に渡してある紐をくぐり抜けて敷地の中に入って行った。知加には家のもとの姿が見えているのだろう。土台を三ヶ所またいでから立つと、祖母に向かって言った。

「ここが知加の部屋だったどごだ」

八重子は不意をつかれて「ああ、そうかい」と答え、涙が出そうになった。知加が泣かずに普通にしてくれているのが嬉しい。住んでいた町のこの異常な風景を、知加はしっかりと記憶にとどめて大人になっていくのだろう。それが将来この子にどのような障害を残すのか八重子にはわからない。

「あれ、あそごらはお寺さんのあったどごでねが」

裏手の道路ひとつ隔てた所に寺院があった。古くからこの集落の菩提寺であった寺で真弓の家の先祖の墓もある。

「そうだよ。あの通り何もねぇ。津波は墓まで持ってった。住職も行方不明だ」

建物がなくなったのですっかり見通せて敷地が狭く見えるが、大きなお寺だった。墓地だった所に、何かに引っ掛かって残ったらしい墓石がころがっている。

「へぇ、おしょさんもが――。墓もねぐなったのが――」

八重子は思わずその方に向かって手を合わせた。

「海岸に行こうか」

と祐平が車を回した。かつては密生していた松林に視界が遮られていたが、松の木が流されてみると海はすぐそばなのであった。遠浅の海岸に行くまでには、それでも二メートルほどの堤防が巡らされている。十メートルの津波はこんな堤防に気付きもしなかっただろうと、八重子はばかばかしくなった。堤防に上って海を見晴らした。晴天の日の海は凪いで静かに広がり、夏めいてきた陽光が海面をきらめかせている。この海が町ひとつを飲み込む凶暴な力を持つなど信じられない。海に背を向けて反対側を見ると一面に廃墟がひろがるのである。

「おばあちゃん、お花を流そう」

知加が八重子の手を引いた。

「そうだったね」

八重子は海に流そうと供華の花束を用意してきた。真弓の生死ははっきりしないが、この海には何人もの人が流されている。祐平が車に戻って花束を抱えてきた。

「知加、おまえが投げなさい」

お母さんに届くように、とは八重子は言えなかった。行方不明ということはどこに居るかわからないのである。海の中に居るとは限らない。なるべく遠くに抛れるようにと、祐平が娘を抱きあげて寄せて来る水の中に足を踏み入れた。知加は引き波に合わせて花束を投げた。わずかに花びらを散らしながら花の束は波に乗って流れて行った。知加は小さな手を合わせて拝んでいる。だが泣きはしなかった。この間家出をした時泣き過ぎたからだろうかと八重子は考えていた。


七月に入ってから真弓の遺体が上がった。野蒜の海岸から遠方に望める岬の浜に打ちあげられていた。はからずもその岬の町には真弓の実の姉が嫁いでいた。姉ちゃんに会いに行ったんだ、とそれを聞いた親戚の者たちは涙にくれたという。遺体の収容所を探し廻り、遺体が見つかったと聞けば駆け付けて確かめていた祐平は、その指からはずれずにいた結婚指輪から妻だと確信したと、八重子はあとで聞いた。

菩提寺もなくなっていたので、仙台近辺の縁のある寺で葬式が行われた。八重子は心配しながら葬儀に知加を伴った。八重子は知加の手をじっと握りしめていたが、僧侶の読経が始まると、知加は祖母の手をふりほどいて合掌し、焼香もきちんと済ませた。式が終わって親戚の者が来て口々に悔やみを述べると、さすがに恥ずかしそうに八重子の腕にすがって後ろに隠れた。

帰りの車の中で知加が言った。

「今度お母ちゃんが帰って来た浜に連れて行って、おばあちゃん」

同乗していた真弓の姉が、しきりに頷いて涙を拭いていた。

2　一年後

二〇一二年三月十一日、東日本大震災から一年が過ぎた。今年の十一日は日曜日だったので、皆川泉の住む地区の公民館で町内の人たちによる慰霊祭が行われた。神戸も十七年前地震の被害を受けているので、東北の震災には心を寄せる人が多かった。休日のため、泉の通う高校では翌日の十二日に礼拝堂で祈りを捧げる予定である。

祖父の義和は所用で出かけていたので、泉は祖母の頼子と二人公民館に行き、午後二時四十六分、全員で黙祷した。泉の脳裏に宮城県塩釜市に住む知加という名前が浮かんだ。頼子の友人が塩釜で被災して、息子の妻である女性が津波で流され死亡したということを祖母から聞いていた。小学校二年生の娘が残され、祖母に当たる頼子の友人が引き取って世話をしているという。

「私と同じ立場ね」

その時、泉は同じようなことがあるものだと思い、頼子と祖母であるその女性が高校時代からの友人であるのも奇遇だと感じた。泉はその孫娘の知加の話を聞いた時、自分が父と母が住んでいたという神戸の町をさまよったのを思い出した。小学校を卒業した春休みであった。初めて神戸の震災で一人取り残された娘であるのを祖父母から知らされて衝撃を受けた時であった。父母が地震で死んでいたことは勿論、今まで父母と信じていた二人が祖父母であることにもショックを受けた。今でもパパ、ママという呼び方は変えられないでいる。

泉はあの時十二歳だったが、塩釜の少女は八歳で地震と津波の体験をし母親を失った。

震災から一年が経って何かが変わっただろうか。泉はそれまで考えもしなかったあることをふと思いついて気持ちが昂ってきた。もうすぐ春休みに入る。東北の被災地へ行って知加を慰めることはできないだろうか。祖父母に話してみようと泉は思った。仙台は頼子の故郷でもある。今は親族は居ないが、祖母も友人には会いたいだろう。
二、三日後の夕食時、泉は二人に自分の考えを話した。どうしても同じ境遇に陥った塩釜の少女を見舞いたいのだと訴えると、頼子は驚いたように泉の顔を見つめた。義和は静かに箸を置いて考えていたが、少しして頼子に言った。
「連れて行ってやりなさい。おまえの友人も喜ぶだろう」

頼子は夫の顔に目を移した。

「いいのですか。あなたはどうします？」

「私も被災地は見舞いたいが、この年齢では何もできないし、足手まといになるだけだ。それに書き物もあるし――。わたしはどうにでもなるよ。出掛けたら外食するし、あとは家に居て原稿を書いているだけだから。容子さんも来てくれるだろうし」

容子とは義和の姉の娘で、最近近くにできたマンションに越してきてからよく顔を出していた。

「ごめんなさい、パパ。私の我儘でこんなこと言い出して――」

「いや、泉の気持ちは真っ当だから、気のすむようにしてきたらいいよ。頼子もその友達をよく見舞ってきなさい」

「はい、ありがとう」

頼子は夫に礼を言いながら、泉も他所の娘を気遣うほど成長したのだと、あらためて孫娘の表情をうかがっていた。

二十日過ぎには出発できるように、仙台までの飛行機をインターネットで調べると泉は言う。

「ホテルも取れるわよ。仙台市内でいいのね」

この頃は何でもパソコンで済ましてしまう。義和は機械ものは苦手で車の運転もしない。頼子は車だけは義和ができないので、便宜上免許を取ったが、パソコンはやろうやろうと思いながら手がつけられないでいた。今では泉がみな引き受けてくれるので任せていた。仙台に行くのも久し振りであった。町はどうなっているのだろう。地震のために損傷を受けた家も多いらしく、友人の一人は「マンションの壁に亀裂が入って修理が大変だ」と嘆いていた。父母はもう亡く、親族は東京や関西に移って泊めてもらう所はない。

「ホテルは仙台駅前がいいと思うわ。塩釜へ行く電車は仙台駅から出るから」

と泉に言った。

友人の八重子は仙石線という電車で塩釜から仙台の学校に通ってきた。仙台と石巻をつなぐローカル線で、休みの日には逆に頼子が仙石線で塩釜の八重子の家へ行き、時には松島まで足を伸ばしたりした。

その夜、頼子は塩釜の八重子に電話をした。八重子は、「まあ、ほんと？　嬉しいわ」と弾んだ声を上げた。


震災直後の報道では仙台空港は壊滅的な被害を受けていたが、二人が下りた空港はすっかり復興してなんの差しさわりもなかった。仙台市につながる電車も復旧していてすぐに乗れたが、発車したあと車窓から見える光景に二人は息を飲んだ。建物は殆ど消え、残っていても中はがらんどうで、看板だけがぶらさがっている。「うどん・そば」とか「うなぎ」の文字が揺れていた。一ヶ所には車の残骸がうず高く積まれている。たしかこのあたりにはレンタカーが並んでいたと、頼子は遠い記憶の底を探っていた。一年経ってもまだまだ津波の痕跡は深いようであった。

市街地に近づくにつれてそれもなくなり、やがて仙台駅前に着いて午後三時頃にはホテルに入ることができた。ホテルのロビーに八重子が待ちかまえていた。そばに立っているのが知加だろうか。小学三年生になる子にしては小柄に見えた。

頼子と八重子は「まあ、しばらく」と手を握り合った。感慨深気に手を取り合ったまま、ロビーの椅子に腰かけた。

「よく出てこれたね」

「お見舞いしないといけないのに一年も経ってからでごめんなさい。大変だったわね」

近付いてきた泉に気付いた八重子は腰を上げた。

「泉さんですね。はじめまして」

「こんにちは、皆川泉です」

「遠いところをよく来られました。疲れたでしょう」

真っ直ぐに立って挨拶する泉を八重子はしみじみと眺めた。生まれてすぐ父母を亡くした赤子がこんなにすくすくと育っている。頼子が育てあげたのだ。ふっくらとしたやさしげな顔立ちだが、目元が頼子に似ている。

「こちらが知加ちゃん？」

はにかんでいる知加を頼子が招いた。

「ここに一緒に座りましょう」

向かい合って座っている頼子と八重子のわきの椅子に泉と知加が並んで掛けた。そんな孫娘たちを祖母同志はいとしげに眺めている。

「ほんとは塩釜のうちに泊ってもらったらいいんだけど、手狭でね。ごめんなさい」

「そんな――。仙台の友達にも会いたいし。ほら、高橋さんと辻さん」

頼子が共通の友人の名を上げると、

「そうそう、私もしばらく会ってないわ。あの人たちも被害に会ったらしいけど」

と八重子が言った。

「ママ、私、先にフロントでチェックインしてくるわ。荷物は部屋に入れておくわ」

と泉が言った。

「そうね、そうしてくれる？」

頼子が頼んだ。

「知加ちゃんも一緒に行かない？」

泉は知加を誘った。

「はい」と知加は頼子のボストンバッグを持とうとした。

「だいじょぶ、だいじょぶ。ここに乗っけるから」

泉は自分のキャリーバッグの上に頼子の鞄を載せると、エスカレーターの方に向かった。その後ろを知加が付いて行く。

「しっかりしてるのね、泉さん」

と八重子が呟くと、

「そうなの。もうなんでもやってくれる。背丈も追い越されたわ」

頼子はエスカレーターを上って行く孫娘を頼もし気に目で追った。

「ところで、知加ちゃんは落ち着いてるの？　かわいらしい娘さんね。実は今度こちらに来たのは泉が言い出したことなの」

「泉さんが？」

「ええ。知加ちゃんは自分と同じ境遇だからぜひ会って力づけたいって」

「そうなの」

と八重子は深く椅子に身を沈めた。

「元気にしているけども、どうなんだが、二階で一人淋しそうにしてる時もあるみたい。今は息子の祐平も一緒に暮らしているので、私も助かってるげど」

震災から四ヶ月ほど経って夏休みに入った頃から祐平が塩釜の家に戻ってきた。中学校の方も整理ができて、人数は減ったが授業が再開されていた。知加が通っていた野蒜小学校も始まっていたが、住む家がない祐平親子は八重子の家に起居するしかなかった。

「そう、野蒜の町はだめ？」

「あそこはもうどうにもならないね。仙石線の駅も壊れた時そのまま、ほったらかしで、松島から矢本までは不通でバス代行なの」

「一年経ってもね」

「祐平が言ってたけど、野蒜の駅舎の壁にかかってる時計の針が地震の時の二時四十六分を指したままだって。前を通ると切なくなるって言ってるの」

「泉が一度被災地を見たいって言ってるけど」

頼子が遠慮がちに言った。

「祐平が車で案内すると思うわ」

静枝がそう答えたあと、会話が途切れがちになった。

泉と知加は二階のフロントに行った。五階の部屋まで女性の係員が案内してくれて、二人は小じんまりしたツインの部屋に落ち着いた。知加は入り口に立って珍しそうに部屋の中を見回している。

泉は荷物を片よせたあと、知加を招いて椅子に座らせた。

「ここで少しお話しして行きましょう。大丈夫、おばあちゃんたちはおばあちゃんたちでお喋りしているわ」

知加は笑って「うん」と頷いた。

ベッドに掛けた泉は目の前の少女をしみじみと眺めた。頬を紅潮させた愛くるしい田舎娘であった。この娘《こ》の日常にあの恐ろしい地震と津波が襲い、母親を攫ってしまったなどと信じられない。

「元気にしてた？　知加ちゃん」

知加は「はい」と言って泉を眩しそうに見つめた。

「阪神大震災って知ってる？」

「うん、おばあちゃんに聞いた。十七年前に神戸であった地震でしょう。お姉ちゃんのお父さんとお母さんが亡くなった――」

　八重子は大体のことを知加に話していたらしい。

「そう、その時お姉ちゃんは生まれたてで、何も知らなかったの。中学校に入る前に初めて聞いたのよ。驚いてしばらく立ち直れなかった」

　泉は口を閉ざすとしばらく視線を下に落としていた。

「時間が経つにつれて普通に戻れたけれども、時々父母が居たという町にでかけて歩きまわったりしていたの。でも今度の震災のあとのことを聞いて、自分はまだ良かったのだと思った。私には父の父母である祖父母が居て、私を育ててくれた。私は祖父母をパパ、ママだと思って大きくなったんですもの。父母から受けついだこの身体を祖父母が守ってくれたのよ」

「知加もおばあちゃんが守ってくれてる」

「そうね、そこのところも知加ちゃんと私は同じね。知加ちゃんは目の前に津波を見てお母さんを亡くしたんだものね。辛かったよね」

「あの時のことは何がなんだかわからなかったけど、きっとお母さんは帰って来るって信じてた。どこかに逃げでてそのうち知加のところに帰ってくるって」

　泉は堪らなくなって知加のそばに行くと、彼女を抱きしめた。知加の体温を感じながら、五年前、事実を打ち明けられた時の自分自身を抱きしめているように感じていた。

翌日、頼子と泉は仙石線の電車に乗った。塩釜駅で八重子たちが出迎えてくれるはずである。ローカル線の電車の窓外を泉は物珍しく眺めた。

三十分ほどで塩釜駅に着いた。ホームに八重子と知加の姿が見えた。ドアから降り立つと仄かに磯の香りがした。知加が手を振って走り寄ってくる。

「よく来たわ。とにかくうちに行ぎましょう」

八重子は頼子の手を取り嬉しそうであった。

「駅が立派になったのね。前に来た時はもっと小さくて木造だったわ」

「地震で駅も少し壊れだけど、それはすぐ直ったわ」

駅を出てぶらぶら歩くことにした。

「祐平が車を出すって言ったげど、町も見てほしいし、天気もいいし、歩くがらって言ってきたの。お昼を食べたあど海の方に行きましょう」

と八重子が知加の顔を窺いながら言った。

駅を出ると少し離れた左手は入り江になっていて漁船がもやっていた。海の香りがするわけである。

「ここは入り江の奥の方だから、ちょっと水が上がっただけだったけど、海岸の港では船も流されたし、商店街では浸水して大変だったのよ」

高台にある八重子の家へ向かってゆるい坂を上った。歩く間、知加は泉の手をぎゅっと握りしめていた。

家では祐平が皆を出迎えた。一通りの挨拶が終わると、泉は「知加ちゃん、思い出させたらごめんね」と知加に断わってから、一年前の地震と津波の様子を祐平に尋ねた。

突然に襲った地震の激しさ、中学校で授業中だった祐平は生徒たちを先ず机の下へもぐらせた。一階の低学年の教室でも激しく揺れ、祐平は避難することを考えたが、初めの揺れが収まるまでは身動きできなかった。

「体育館に避難しなさい！」

ひどい揺れが過ぎてから教頭が廊下を走って触れ回った。停電で校内放送もできなくなっていたらしい。二階の高学年の生徒たちがぞろぞろ降りてきて体育館に向かう様子に、祐平は、

「体育館へ行くぞ。気をつけて歩け」

と生徒たちに命じて体育館に誘導した。

体育館の真中に集まって座った時、次の揺れがきた。

「きゃあ――」

女子生徒が声を張り上げて抱き合っている。教師たちも次の対策がわからず、突っ立ったままそれぞれの担任のクラスに目配りするだけだった。そのままの状態で二十分も過ぎただろうか。教頭があわただしく入ってきて大声で告げた。

「ラジオの放送で津波がくると言っている。なるべく高い所に――全員二階に移動しなさい」

生徒たちの間にどよめきが起こり、皆が動きだそうとするのを教頭が制して、一クラスずつ東西に

ある階段へと分かれて進んだ。

野蒜町は海岸から平坦な地形が続いていて、津波から逃れるような山地はなかった。中学校がある場所は海辺からは離れた高台なので、町民の避難地域に指定されている。生徒たちを二階の教室に誘導しながら小学校に通う娘のことを思った。小学校は中学校よりは下手にあって少しは海岸に近い。教師の誘導でおそらくここに避難してくるだろう。

妻はどうか――妻の職場は漁業組合なので、海岸近くにあった。情報を聞いて避難しているだろうか。生徒たちを落ち着かせたあと、祐平は携帯電話を取り出して妻の番号を押した。通じなかった。

役場の警報がけたたましく鳴り、次々に町の人が避難してきて、二階の教室や体育館に集まり始めた。

津波が押し寄せたのは地震から四十分後だった。

「大きい津波らしいぞ。校庭に居る人たちを二階に誘導してくれ」

教頭に言われて祐平たち若い職員はメガホンで叫びながら校庭に集まった人々を二階に上げた。乗用車がつながってのろのろ動き、その間を年寄りも子供も走っていた。

海岸の方向に黒い雲が立ちのぼってこちらに迫ってくる。

「あれが津波か。俺たちも逃げろ、逃げろ！」

と同僚が叫んで校舎の階段を駆け上った。

巨大な波が松林を家々を覆い、ＪＲの駅を壊してさらにこちらに向かって押し寄せるのを、祐平は教室の窓から茫然と見ていた。

下手の小学校の手前で止まった波は今度は覆ったものをすべて飲み込んで引いて行った。逃げる途中で波にさらわれる人や車が見えてもどうにもならない。祐平は窓わくにしがみついて硬直した身体を支えていた。

第二波、第三波が方向を変えて押し寄せたようだが、祐平はもう見ていることができず床に座りこんでいた。

「パパ、パパ！」

の声で我に返った。知加が祐平の腕にしがみついていた。

「知加、逃げてきたか！」

祐平は知加を抱きしめた。

「他の生徒もみんな無事か？」

「うん、あっちの教室に居る。わたし、パパを探してたの」

「よかった。よかった」

祐平はあらためて知加の顔を眺めてその頬を撫でた。

「ママは？　ママはどうしただろ？」

「どこかへ逃げてると思うが——。他の教室を探してみよう」

二人で二階に六つある教室を回って探したが真弓の姿はなかった。どの部屋も避難してきた町民で一杯になっていた。中学校の校舎までは津波は来なかったので、一階の教室や体育館、グランドにまで人が居た。その中も祐平と知加は歩き廻って真弓を探したが見当たらなかった。

「他のところに避難しているのかもしれない。お前はみんなのところに戻ってなさい」

と知加を小学生のところに帰し、祐平は中学生が群れている場所に戻って校長の指示を待った。

夕方になると、探しにくる父兄があったり、助かった地域の生徒は家に帰ったりして少しずつ生徒は減ったが、それでも半数の生徒が残って夜を迎えた。


祐平が口を閉ざすとしばらく沈黙があった。

「援助がくるまではしばらく大変だったでしょう。神戸の時も二、三日は混乱するだけでどうにもならなかったようです」

最初に口を開いたのは頼子だった。泉は黙って隣の知加の手を握りしめている。

「地震だけでなく、予想外の津波が来たので、被害が大きくなったのね」

「幸い、小学生や中学生は授業のある時間帯だったので助かりました。しかし、わたしの担任の生徒で言うと、半数の生徒が家を、五人の子供が父母や祖父母を津波で亡くしました。わたしの妻もとうとう帰ってきませんでしたが、わたし自身のことだけを言っていられないのです。一年経って少しは落ち着きましたが、野蒜の町はなんの復興もしていません。町を離れてしまった人も大勢いるし――」

祐平が腹立たし気に言う。

「ほんとだ。海岸の方は一年過ぎてもそのままだよ。なにも復興してね」

八重子が台所で支度していた昼食をテーブルに並べながら言った。

「お昼が済んだらこの人の車で海の方へ行ってみたらいいよ。津波の痕というのを一度見てきたらいい」

泉がきっと顔を上げ、知加の手を握りしめたままで言った。

「そうしたいです。ぜひお願いします」

ひと休みしたあと二時頃に出発する予定にして、皆で昼食の箸を取った。


祐平の車の助手席に八重子が、後ろの席に知加をはさんで頼子と泉が乗った。頼子と八重子は知加の気持ちを考え、どうするかを尋ねたが、知加は行きたいと答えた。

国道を反れ海辺に近づくにつれて、泉は胸がどきどきしてきた。

「せっかくなので松島の海岸の方を通りますね」

と祐平が言った。右手に美しい海岸風景がひろがる。

「ああ、あの日本三景の松島ですね」

泉は中学校の地理で習ったのを思い出した。

「知加、日本三景って習ったか?」

祐平が知加の気を惹き立てるように聞いた。

「松島と天の橋立、それに宮島――」

知加が呟くように言った。

「すごい、もう習ったの?」

泉はまた隣に座る知加の手を取って握り、ひろがってくる島々を浮かべた海に眼を細めた。

「きれいですね!　お天気がよくて良かったわ」

と頼子も声を立てた。

「わたし達が住んでいた野蒜っていう町は奥松島ともいうんですよ。遠浅の海岸がひろがる海で、海水浴場に最適なんです」

祐平が説明してくれる。

「あんな穏やかな海で津波が起こるなんて信じられない」

八重子が言った。

「せっかく遠くからいらしたんだから松島に寄りましょうか。色々観るところがあります」

という祐平の誘いに泉はきっぱりと言った。

「いいえ、野蒜に行きたいです。知加ちゃんのお家の跡も見たいです。いいでしょ、知加ちゃん?」

知加は「うん」と頷いた。

「松島に寄るのは帰り道にしたらいいよ」

と八重子が後ろの席を振り返って提案した。

「松島と野蒜は隣り合ってるのに、片方は殆ど被害がないのよ。島が沢山あるので波が遮られたっていうげど、その波が野蒜の方にも来たのかね。地形と波の寄せ方のせいかね」

八重子は納得がいかない顔つきであった。

車は野蒜の町に入って川筋の道路を走った。

「去年来た時よりは水が引いて川岸もきれいになったね」

と八重子が言った。

「去年、三ヶ月経った頃に一度来たのよ。この川はまだ水が多くて川幅もひろがっていた。津波が川を上ったからね」

「そうなの」

頼子は痛々し気に川面を見つめている。

車が右に曲がり細い道を走った。

「あれが野蒜の駅です。仙台から石巻まで走っているＪＲの仙石線は壊滅的な被害を受けました。殊にここら辺がひどくて復興は無理だと言われています。降りてみます?」

皆、車を出て駅を正面から見た。野蒜駅という標示で辛うじて駅だとわかる。建物の中には何もなく、電柱が倒れて建物にかかったのもそのままである。掛け時計が地震の時の時間を示したまま止まっている。

「二時四十六分――」

時計を見つめたまま、かすかな声で泉が呟いた。声が震えているようであった。頼子に促されるまで泉は立ちつくしていた。

「海岸に出る前に家の跡に寄りましょう。順序なので――」

と祐平が言い、駅から左にそれた道を直進した。大きな建物が二、三あったが、全部骨組みだけである。〈公民館〉とか〈病院〉とかいう標示が読める。住宅らしい跡は土台が並んでいるだけで、ところどころに立派な門柱が残っている。

車がひとつの門柱の前に急停止した。

先ず運転席から祐平が降り、皆そのあとに続いて降りた。近付くと門柱には〈佐々木〉という表札がはまっている。

「表札がなかったら、どごがこの人らの家かわがらなかったのよ」

と八重子が言った。

頼子と泉は息をのんで土台だけの痕跡を見渡している。

「花が咲いてるよ、おばあちゃん」

庭の跡だろうか。たんぽぽが芽吹いて花を咲かせている。

「雑草は強いねぇ。そこには柿の木もあっていい実がとれたのに」

八重子が嘆息した。

「最初の残骸は自衛隊の人が片付けてくれましたが、残ったがらくたは私が勤めのあとで通って整理しました。半年ほどかかりましたか。やっとこれだけきれいになりました」

祐平が客の二人に説明した。

「いくらきれいになってもここに家を建てられるわけではないよね。町全部がこうなのだから。一体どうなるんだろ」

八重子がまた溜息をついた。

「阪神淡路大震災の時はまだ範囲が狭かったけれど、今度は東北から関東と被害が大きいですものね。復興もなかなかね」

と頼子が言うのに祐平が応じた。

「でも神戸の復興はすごかったですね。あれから五、六年してから旅行で行きましたが、立派な街になっているのに驚きました」

祐平はまだ敷地の中にいる知加に声をかけた。

「知加、海の方に行こうか」

祐平について皆車に乗り込んだ。

海岸まではすぐだった。天気のいい日でのんびりと春の海がひろがっている。松の木がぽつりぽつりとあって、梢や枝が折れたまま残ったり、茶色く枯れかけたりしている。多分海岸前によくあるひろい松林だったのだろうと泉は想像した。砂浜を区切って二メートルほどの堤防が伸びている。津波にやられなかったのだろうかと泉はふと思った。ところどころ破損しているが、段々を上って上に行き海を見渡すことができる。あ、そうか、と泉は気付いた。津波が巨大過ぎてこの程度の堤防など目にも入らなかったのだ。なんということだ。それにしても遠浅の砂浜の先にある海は美しく、春の午後の陽光にきらめいている。町を飲みつくすほどの巨大な波を作り出すとは思えなかった。

いつの間にか知加が横に立っていた。

「きれいな海ね。よく泳いだの？」

と泉は聞いた。

「うん、夏はいつも泳いだよ。家から水着で来れるから」

「ほんとね。きっと水泳は得意よね」

知加は「うん」と頷いた。その目が右手の遠い岬を見つめている。

「あそこの岸にね、ママが打ち上げられたの」

「えっ！」

不意をつかれて泉は声をのんだ。右手に細く海に伸びた岬があり、海岸線が長く続いていた。

「七月頃ママの遺体があそこにあがったの」

知加が淡々と、ひとごとのように言うので、泉は思わず知加を抱き寄せた。九歳の知加の身体は十七歳の泉の胸のあたりまであった。

「悲しかったね。知加ちゃん」

泉は事実を知って神戸の街を歩き廻った時の気持ちを思い出していた。父母が亡くなった所がどこか歩いても歩いてもわからず日が暮れてきた時の悲しみ、その悲しみと、今胸の中に居て身体の温もりを感じる知加の悲しみとが混じり合って、泉の目に涙があふれた。

　嗚咽がもれ、誘われたように知加も泣き出した。祐平がそばに来て知加の肩を抱き、背中をさすった。八重子と頼子は少し離れた所から見守っている。二人の目もうるんでいるようだった。

「あそこの岬に奥様の遺体があがったとか、知加ちゃんが言うものですから、私まで悲しくなって――」

　泉が顔を上げ、祐平を見て言った。

「そうなんです。去年の十一月の月命日にその場所をしっかり知加に教えてきました。あの近くには妻の姉が住んでいるんです。姉の近くの岬に流れついたのはただの偶然とも思えません」

「そろそろ帰りましょう」

　と八重子が言い出して離れようとしない知加の肩を抱いたまま泉は三人のあとについた。

「泉さんに福島から来た相川さんと会ってもらったらどうだろう」

　車に乗ってから祐平が言い出した。

「そうだね。また別の被害についてわかるがもしれないね」

　と八重子が相槌をうった。

「相川さんてね、福島県の放射能の避難地区になった所から移って来た人で、子供さんが知加と同級生なの。お母さんも時々うちに来て話していぐんだ。いづ福島に帰れるかわからんし、津波とも違った悩みがあるんだよ」

「はあ、そんな方が――」

と泉は頷き、

「ぜひ、会いたいです」

と言った。


翌日、頼子と泉はまた塩釜を訪ねた。帰りの飛行機便は翌日の昼過ぎなので充分時間はある。祐平がその日の午後は空いているからまた車で案内できると言ってくれた。その好意に甘えることにして、その日も被災地を見ようと思った。

十時頃八重子の家に着くと、既に相川という女性が子供を連れて来ていた。四十代に見える痩せた女性で、知加と同じ歳の女の子と、三歳ぐらいの男の子を連れていた。福島県の田村市に夫と四人家族で住んでいたが、原発から三十キロ圏内ぎりぎりの場所で緊急時避難準備区域に当たっていた。夫は勤め先の都合で動けなかったが、子供のことを考えて、塩釜の親戚の家に避難した。その家が八重子の家と同じ町内だった。転校した女の子、あかりと同級生になって一緒に学校に通うようになった。

「知加、あかりちゃんと二階で遊んだら?」

と八重子がすすめて、二人は弟も連れて二階の部屋に上がった。

「相原美智子です」

と丁寧に名乗る女性に、

「福島は大変でしたね」

と頼子は頭を下げた。

「はい。でもお宅の方も神戸の時は大変だったとか――」

すでに八重子から話を聞いていたのか、美智子は頼子に会釈してから、泉に視線を移した。

「私たちは原発や汚染地区のことは報道で知るだけなのですが、実際に自分の家に住めなくなった方々はどんな気持ちなんでしょうね」

泉は実際に原発被害を受けて避難している人を目の前にして聞かずにはいられなかった。

「それはたまらないでしょう。実際にそんな知り合いも居ますが、何ヶ月か経ってから一時帰宅とかで大層な防護服を着せられた時は涙が出たって言ってました。家に帰ってみると、なんとかシーベルトとかいうのは体感的にわかりませんからね、白い服を脱ぎ捨ててそのまま留まりたい、死んでもいいと思ったそうです。大事な物を持って出るって言っても、一時間ほどのうちに集まるものではなく、結局中途半端な物を持って帰って家族に笑われたそうです」

「それがいつまで続くかわからないっていうんだものね」

八重子が溜息をついた。

「自分の家に帰れないなんて――」

「お宅は住めるんですね」

「はい、何かあったら避難せよ、という範囲で、今主人が一人で暮らしてます。私も離れたくなかったんですが、子供の健康を考えると、いつ何が起こるかわからないので、思いきってここに来ました」

「ほんとにねぇ。子供さんの先を思うと不安ねぇ。思いがけないことが起こるものね」

と頼子が言うと、泉は厳しい表情で反論した。

「ママ、思いがけないことではないわ。原発を作る時点で事故のことは想定しておくのが当たり前よ。戦争で原子爆弾の経験がある日本人なら尚のこと。私なんかは全部知らないことだけど、原発を見逃していた大人の人たちの責任だと思うわ」

驚いたように頼子は泉を見て、それから八重子と視線を合わせた。

「ほんとだ、その通りだわ」

八重子が大きく頷いた。

「私たちはその原発の電気の恩恵を受けて豊かに暮らしてきたんですものね。原発に近い地元の人たちはそのおかげで生活してきたとも言われるし、複雑ですわ」

と美智子が言った時、バッグの中の携帯電話が鳴った。美智子は取り出して画面を見ると、

「まただわ。メールです」

と言って画面を閉じた。

「福島の友人から毎日のようにメールが入るんです。メールでけんかではないけど、議論をしてるんです」

「ああ、またあの人?」

八重子は話を聞いているらしく、相手がわかる様子だった。

「今度は何と言ってきたの？」

美智子は画面を読み出した。

「やはり考え直して戻ってきてほしいって言ってます。再調査で放射能の数値も下がってきているし、子供でも大丈夫だって」

「やはりお若いお友達ですか？」

と頼子が尋ねた。

「ええ、近所の人です。下の子が同じ時期に生まれて、一緒に病院へ通ったりしていました。生まれた時も同じ産院で、子育ても相談しながらやってました。同じ男の子で上はうちのより一つ下の女の子なので何かと話が合いました。地震騒ぎの時は彼女も茨木の実家に帰っていたのですが、ひと月ほど経ったら子供たちは母親に預けて一人で戻ってきました。ちょうどその頃から放射能の汚染騒ぎがひどくなって、私は入れ替わるようにこちらに来たんです。彼女はもともと学生時代からボランティア活動などに熱心な人で、原発の近くから移ってきた人たちの世話なんかもしているようです。私が子供を連れてこちらに避難したことを怒ってるんです、卑怯だって」

「御自分だって子供さんは預けていらしたんでしょう」

「いえ、測定数値が定まってから子供は連れて帰りました。上の子が行っている小学校には半数の子供しか残っていないって、それにも彼女は腹を立てています。皆、私も住んでいた町を放って逃げたって怒るんです。やることはいくらでもあるのに、郷土愛はないのかって責めます。毎日画面一杯にメールがくるんです。ほら――」

と美智子は携帯を開けて画面を皆の方にひろげて見せた。待ち受け画面一面に字が並んで、美智子が操作するとずらずらと下の方にも字が続いた。

「彼女は大丈夫だって言いますが、数値も他所、例えばここの方が低いし、第一、発表される数値自体信用できませんし、また動くかもしれません。子供の未来を思うとまだ帰れないって、私は返信しています」

仲良く付き合っていたからこそ、そんな本音をぶちまけたやり取りができるのだろうか、と泉は美智子たちの被災地だからこそのバトルに胸を打たれた。

「本当に震災のせいで皆さん生活が変わってしまったんですね。どうしたらいいんでしょう。私なんかにわかるのは、原因になった原発はもうやめてほしいということだけです」

泉は若者らしい率直な意見を述べた。

「日本では自然が美しくて自然を愛でるとか観賞するとかいうけれど、本当は自然は恐ろしいのね。昨日津波の痕を見てもつくづくそう思った。『自然っていうのは自然自体のために存在するので、人間のためにあるのではない』ってどこかで読んだことがあるわ」

頼子がしんみりと言った。

美智子の携帯電話の着信音がまた鳴った。

「返事をしてないから催促です」

と美智子が笑った。

「私だって夫を置いていつまでもここに居るわけにはいきません。政府の『福島復興再生基本方針』っていうのが出されたようで、被災者の健康面に対するメンテナンスもしてくれるみたいだから、そろそろ帰ることも考えます。今皆さんと話しているって返信しておきますわ」

そう言うと美智子は席をはずした。

二階から知加とあかりが、下の子を抱えるようにして降りてきた。男の子は母親のもとへ駆け寄った。

「ああ、おなかすいたでしょう、みんな。今お昼にするからちょっと待ってね」

八重子と頼子が台所に立ち、子供たちをはさんだ談笑になって緊張がほどけた。


頼子と泉は午後の飛行機で仙台空港を発った。泉は窓から下を見晴らした。眼下にひろがる仙台平野の中に所々津波の爪痕が残る。海側は殊にひどく被災痕が繋がっている。

「一年経っても復興はまだまだね」

泉が呟くと、

「そうね。大変ね。でも神戸が立ち直ったのだから、希望を持ちましょう」

と頼子が応じた。

飛行機はさらに高度を上げて、視界は雲に遮られた。

じいちゃんの夢

重光寛子

じいちゃんは毎日判で押したみたいに海へ出かける。家族がもう年だから止めとき、と言っても決して耳を貸さない。日に一度は海の神さんに挨拶しとかにゃ体がなまっちまう、というのがじいちゃんの口癖だ。僕が学校を引けて帰ると、もうじいちゃんの姿はなかった。夜釣りに出かけたのだ。

家には誰もいない。父も母も仕事に出かけてまだ帰っていない。今年から勤め始めた姉は毎日残業だ呑む会だ何のといっては十時より早く帰ったためしはない。鍵っ子の僕は玄関を開けると誰もいない家の奥へ向って、ただいま、と大声で叫ぶことにしている。そうしないと気持ちが荒んでしまうからだ。高校生にもなって淋しいのなんのと人には言えないし、かといって淋しくないと言えば嘘になる。

高校の入学祝いにじいちゃんが買ってくれたナイキのスポーツシューズを無造作に玄関に脱ぎ捨てて冷蔵庫へ直行する。最近母の要望で買い替えたばかりなので気持ちがいい。容量四〇リットルの大型冷蔵庫の中はすでに食べ物でいっぱいだ。父はいつも母の整理の悪さをぼやくが、僕も同感だ。でもまだ母に面と向かってそう言ったことはない。きっとしばらく僕とは口をきいてくれなくなるだろうから。

　今度の冷蔵庫には製氷機がついてるのがいい。僕の背が低いのを気にして母がいつも多めに買い置きしてある牛乳を、このあいだ酒屋の景品でもらった低温で着色する絵のついた長めのグラスについでそれに製氷機でできた氷を浮かせる。居間のカーテン越しに射しこむ日差しが弱くなり夕暮れの近いことを告げ始めた。食堂のテーブルに肘をついて、菓子入れのおせんべをつまみながら母の願いのこもった牛乳を飲む。牛乳を飲めば背が高くなると思っているのだ。母は何も僕の事を心配してくれているわけでなく、ただ世間体を気にして僕に牛乳をせっせと買ってくるんだ、と僕は常々思っている。僕だって背の低いのはいやだからその牛乳をせっせと飲んでいるわけだ。

　そんなとりとめもないことを考えているうちに、居間が薄暗くなりかけたので僕は海へ行ってみることにした。数学の宿題が気になりはしたけれど。家から海までは十五分ほどで行ける。漁師町を通りぬけ、水産加工場の横を左に折れると石畳の坂道が緩やかに下っている。そこを降りきると右手に漁港が開け、左手には砂浜が広がっている。

　港にじいちゃんの船がないことを確かめると、僕は砂浜の方へ歩き始めた。乾いた砂を踏みしめると足が埋まって靴の中に砂が入ってくる。気にせずに波打ち際まで歩いていく。夕暮れの風が昼間のぬくもりと共に潮の香りを運んでくる。深呼吸すると肺の隅々まで潮の匂いが染み込んでくるようで僕は気持ちがすっきりとするのだった。じいちゃんが海の神様に会いに行きたいのも実はこんな事なのかもしれない。

波打ち際から少し下がって乾いた砂の上に制服のズボンのまま座り込む。母の顔がまたしても浮かぶ。もう制服は一枚しかないんやから汚さんといてよ、と叫ぶ声まで一緒に付いてくる。僕が母にがみがみ言われてふて腐れていると、女ちゅうのは昔から口うるさいもんじゃ、と言ってじいちゃんはいつも僕を慰めてくれる。勿論母のいない所でだ。じいちゃんは母のお舅さんに当たる。でも気を遣っているのはいつもじいちゃんの方だ。少なくとも僕にはそう見える。

波の音がさっきより幾分荒くなってきた。港の入り口にある灯台に灯が点った。沖合いに数隻いた漁船にも灯がすでに点っている。漁火だ。いさりび、なんていい響きだろう。濃い藍色に染まった海の上に漁火を点して浮かぶ船は幻想的ですらある。僕はしばらく砂浜に素足を投げ出してひんやりとした砂の感触を楽しみながら、母のことも宿題の事も忘れてこの幻想の世界に浸っていた。

「ブウオー」はるか沖合いを行く大型客船の汽笛だ。僕は我にかえってしぶしぶ家路に着いた。どれくらいの時間海にいたのか分からない。家に着くとすでに玄関灯が点っていた。やばい、と思いながらチャイムのボタンを押す。

「どなた」

母の声だ。意を決して答える。

「僕」「ええっ」「僕、僕」「あんた今頃まで何してたの」それからしばらく音沙汰がない。やっと玄関の電灯が点いて人影が動いた。

「ただいま」母の機先を制して僕は言った。「ちょっとじいちゃんを見に海へ行ってたんや」

僕の作戦は成功した。母の詰問を逃れられた僕は夕食の準備ができるまで宿題を口実に自分の部屋へ引き上げた。

数学の宿題を机の上に広げて計算問題を解き始めたが、五問解いたところで急に眠気が襲ってきた。どうしても抗いきれずにノートの上に突っ伏して眠ってしまった。

「拓馬、夕飯できたよー」

母の大声で目が醒めた。ノートが濡れている。汗のせいだ。僕はほんの短い転寝の間に夢を見た。じいちゃんと一緒に船に乗っている。二人乗れば一杯になるような小さな船だ。海は凪いで波一つない。不気味な静けさの中に浮かんでいるのは僕達の船だけだ。辺りは白い靄に包まれてどこにいるのかさえ分からない。じいちゃんは一言も発せず釣り糸を垂れている。その横顔には不思議なほど皺が見当たらない。僕は唯黙って竿の先を見つめつづける。微動だにしなかった竿の先が僅かに上下したかと思うと次ぎの瞬間、水面が俄かに逆巻き竿の先が巨大な力で海中へ引きずり込まれた。じいちゃんはおっと声を上げて立ち上がると、僕に網を用意しろと叫んだ。じいちゃんは体ごと海の中へ引きずり込まれそうになっては体勢を立て直しまた引きずり込まれそうになりを数回繰り返したあげくやっとリールをまわし始めた。僕はその間どうする事もできずにそばでじっと網を構えてじいちゃんを応援しつづけた。とうとう獲物が水面にその姿を現した。今だ、のじいちゃんの掛け声で僕は網を海中に差し込みそいつの体を掬い取った。そいつが思ったより軽いのに驚いた。満面の笑みで喜ぶじいちゃんの顔はいつもの皺だらけのじいちゃんの顔に戻っていた。奇妙な夢だが不思議な快感が残った。

食堂に行くと姉以外はもうすでにみんな食べ始めていた。いつ戻ったのかじいちゃんも食卓に着いている。

「おかえり、じいちゃん今日は早かったんやね」「ああ、大漁やったからな」

夢の中と同じ皺だらけの笑顔で答える。

「まあ、あれで大漁なんですか」

「いいやないか、父さんにとってはあれで大漁なんやから」

じいちゃんは黙って父と母の会話を聞いている。いつものことだと言いたげな苦笑いが口元に現れている。額と目尻に数本の深い皺が刻まれ、黒光りしているその顔はまるでブロンズ像のような風格がある。長年海で培われた漁師の顔だ。

「何が釣れたの」

僕は皮肉ではなく素直に聞いてみる。じいちゃんにはそれが通じたらしく嬉しそうに答えてくれる。

「なあに、雑魚ばっかりや。大物は一匹も釣れん。でもな今日はこんな鰈が二匹も上がったんじゃ。上出来じゃろ」

こんな、と両手の間隔で獲物の大きさを示しながら得意げに話す。

「へええ、それはでけえや」

じいちゃんのジェスチャアから僕は三十センチ位のを想像してそう言ったのだが、実は手のひら大のが二匹だった。

「お父さんはいつも大げさなんやから」

母がじいちゃんの事を言う時はいつも少なからず憎しみがこもっている。じいちゃんはただ夢を言っただけなのに母にはそれが通用しない。じいちゃんはほらふきだと言う。ほらと夢とは違うことに気がつかない。

その晩も姉が帰ったのは十一時を過ぎていた。

じいちゃんの釣った大物は次の日、僕の弁当のおかずになった。母が塩焼きにしてくれたのだが新鮮だったのでとても美味しかった。僕は弁当を作ってくれた母よりも魚を釣ってくれたじいちゃんの方に感謝した。

高校生活は始まったばかりで僕にはまだよく分からない。少なくとも中学時代よりは自由な気配がする。クラブ活動も絶対しなくてはならないこともないし、勉強もしなければしないでなんとかなりそうだ。要するに僕達の自主性に任される部分が多くなったのだと思う。

入学式の日にじいちゃんが僕に言った言葉を思い出す。

「いよいよ、おまえも船出の準備をする時がきたな」

入学以来その言葉がこころの隅に引っかかって離れない。

放課後、クラブの見学に行った。中学時代はバレーボールをしていたので続けてもよかったが、全く違うものをしてみたい気もあった。校庭では野球部員が乾ききった土ほこりを上げながらノックを受ける練習をしている。主将らしき風格の生徒が五六人の部員を相手に次々にノックボールを打ち放つ。受け損なったりすると、なにしとんや、とかもう一本、とか大声で叱りとばす。怒鳴られた生徒は性懲りもなく打ち放されたボールに執拗にくらいついて行く。僕はこの単調で一見卑屈にもみえる練習からしばらく目が放せず、ほこりが目や口に入るのも構わず見とれていた。ポン、と肩を叩かれて振り返ると日焼けして黒光りした顔に黒目勝ちの大きな目が笑っている。

「どうだい、野球部が気に入ったかい」

「はあ」

僕はそれしか答えられず俯きかげんに黙っていると、その黒親父はまた言った。

「入部の申込書は職員室にあるから取りに来い」

有無を言わせぬ横柄な態度に僕はむっとしながらも逆らえずに黒親父の後について行った。後ろから見ると黒親父はトレーニングウェアを着ている。さすればコーチか監督か、と想像しながら職員室に入ると、つかつかと自分のものらしき机の前に行き僕を手招きする。彼は体育の教師であった。申込書を僕に手渡しながらさっきとは態度が変わって謙虚に言った。

「まあ、よく考えて決めるんだな。最近はクラブにも入らん連中が増えているが高校時代に体を鍛えなくていつ鍛えるんだ。体だけじゃない心もだ。できれば悔いのない高校時代を送って欲しいな」

そう言って黒親父はまた僕の肩をポンと叩いた。

その日は、他のクラブの見学には行かなかった。

家に帰るとじいちゃんが庭先にいるのが目に入った。漁具の手入をしている。玄関からは入らず庭に通ずる枝折戸から直接庭へ回った。じいちゃんは一つ事をしだすと他の事は目にも耳にも入らないらしく、僕が間近かに来ているのに気づかない。

「ただいま」

やっとじいちゃんはいがぐり頭を上げて僕を見た。

「何しとるの」

「道具の手入じゃ」

見れば分かるだろう、と言いたげにちらっとこちらを見やる。

じいちゃんの手は大きい。節くれだった指は太く先は丸く膨れている。そんな指が釣り針に糸を器用に結わえつけていくのを僕は飽かずに眺める。こんな時に話しかけるのは憚られたけれども僕は今日の放課後の事をじいちゃんに聞いてもらいたくて勇気を出して話しかけてみた。手は忙しなく動いているが無表情で、聞いているのか聞いてないのか分からない風だったが、話し終わった時じいちゃんは顔は上げずに始めて口を開いた。

「面白い先生じゃの。それでおまえはどうしたいんじゃ」

「まだ迷っとる」

「そうか」

迷っとるとは返事したが、じいちゃんの面白い先生じゃの、で僕の心は決まった。じいちゃんも黒親父が気に入ったのだ。僕にはそれで充分だった。

僕は次の日、野球部の入部届けを持って黒親父の所へ行った。黒親父は僕の顔を見るなりにやっと笑いながら言った。

「やっぱり来たか」

黒親父は入部に関する説明をしてくれた。一つ問題があった。ユニフォームとグローブ代のことである。母に言わなくてはならない。気が重い。きっと一言文句を言うに違いない。

その日は放課後が待ち遠しかった。終業のチャイムと同時に体操服に着替え、校庭へ小躍りしながら駈けて行く。まだ誰も来ていない。僕は出鼻をくじかれた感じだったが、気をとりなおして校庭をランニングすることにした。二周目ぐらいから汗が背中にじわっとにじみ始める。春の日差しは一見柔らかそうだが結構強い。受験勉強で忘れかけていたスポーツの快感がまた蘇ってきた。

放課後の練習はキャッチボールとノックとバッティングで終わった。

僕は練習の事を思い出しながら鼻歌交じりで家への道を一人歩いていたが、ユニフォーム代のことを思い出して急に足が重くなった。重い足を引きずって歩いているとぽつり、ときた。間隔が短くなってぽつり、ぽつりと頻繁になりだしたので僕は走り出した。家に着いた時には本降りになっていた。

玄関にじいちゃんのスリッパがある。今日は海へ行かなかったのだ。じいちゃんの天気予報は不思議によく当たる。長年海で培ってきた賜物だろう。風の向きと雲の様子を見れば分かるんだそうだ。じいちゃんがいてくれると母にも話しがしやすい。母はじいちゃんにずけずけものを言うけれどじいちゃんがそれに対して反応が遅いものだから、母はじいちゃんが苦手なのだ。

今日の夕飯は久しぶりに家族全員が顔を揃えた。姉もいる。母はパートなので税金対策から週四日しか働かない。今日は休みの日で全員が揃ったものだからはりきって夕飯を作っている。鶏のから揚げ、野菜の煮物、レタスとパプリカのサラダ、豆腐とジャガイモの味噌汁それに母手製の漬物。母は機嫌がいい。僕は思いきって、野球部に入ったことユニフォームとグローブを自前で揃えなくてはならないことを皆の前で伝えた。すると母と姉が口を揃えて言った。「どうしてバレー部にしなかったの」これは僕が予想していたことだったので驚かなかった。父は賛成してくれじいちゃんは黙って皆の言うことを聞いていた。でも母がユニフォーム代が高いの先輩のお古はないのかと言い出した時、じいちゃんが重い口を開いた。

「拓馬の話じゃ、野球部の先生はなかなか話の分かる人格者らしい。それに中学でバレーボールをやったからちゅうて高校でも同じのんをせんならんことはないさかいのう。それにお古もええがせっかくするんなら新しいのですれば気持ちがいいと思うがのう」

これに父が加勢をしてくれたので母はしぶしぶユニフォームとグローブ代を出してくれることになった。母はじいちゃんには言いたい事を言うが、父には一歩引いている。それが功を奏したのであった。

夕飯が終わった頃には雨もすっかり上がって、窓からは冷んやりとした風が入ってきだした。

「徳さんいるかい」

庭に面した縁側から大声でじいちゃんを呼ぶ声がする。近所のじいちゃんの幼馴染の厳じいさんだ。じいちゃんの名前は一徳なので徳さんと呼ばれている。

「また厳さんだわ。ほんとに遠慮がないんやからね」

「いいやないか、そないに呑むわけやないし」

父に言われて、母は二合徳利に冷酒をいれて食卓へ運ぶ。居間は皆がテレビを見るのでじいちゃんは遠慮して台所で一杯やるのだ。僕はおやつに置いてもらっているおかきやスルメをつまみに持って行く。厳じいさんも夕飯の残り物をつまみに家からぶら下げてくる。そこで一時、老漁師の酒宴となる。僕も時々仲間にいれてもらう。と言っても僕はつまみを食べながら二人の話に耳を傾けているだけだけど、結構楽しい。

「今日はあいにくの天気やったのう。海へ出られん日は体がなまってしょうがない。おまえさんはどうじゃ」

「おんなじじゃ。おまえんとこは倅が後を継いでくれてるからええのう。それに比べてわしとこはわしの代で終わりじゃ。こいつもきっと大学出て会社に勤めてしまうじゃろて」

僕の目をじっと見詰めながら恨みがましくなくさらりと言う。

じいちゃんは酒が入ると本音が出る。ほんとは一人息子の父に跡を継いで欲しかったのだ。でも父は漁師を嫌って地方の大学へ行ってしまった。もう帰ってこないだろうと思っていたら地元の水産試験場へ就職して戻ってきた。

「あの時は複雑な気持ちやったなあ。嬉しいような悲しいような。でも一緒に住んでくれたんでばあさんは喜んどった。仕方ないからばあさんとわしの夫婦船じゃ。ばあさんはよくこんなわしについてきてくれたもんよ」

じいちゃんはばあちゃんの事を話す時いつも、引っ込み気味の小さな目にうっすらと涙を浮かべる。ばあちゃんは父が地元の水産試験場へ就職して漁師を継がない事が決定的になった時、急にじいちゃんといっしょに船に乗ると言い出した。じいちゃんは勿論父も猛反対したが聞き入れず、結局ばあちゃんはじいちゃんと一緒に漁に出ることになった。

「ばあさんはわしの体を気遣うて漁に出ると言い出しおった。反対はしたものの内心はその気持ちが嬉しかった。それにきっと直ぐ音をあげると高を括っておったが、なんのなんの音を上げるどころか目に見えるように仕事を覚えよって、一年後にはわしの片腕として手放せんようになっておったんじゃ」

はるか遠くを見つめるような眼差しでじいちゃんは言った。

「春さんは徳さんのええ相棒やったなあ。あの人は船に乗るのを楽しんじょったよ」

首から上が茹で蛸みたいに真っ赤になった厳じいさんのお猪口に僕はお酒を注ぐ。

「あのころはまだ大きいのが時々上がってたなあ。忘れもせんが、あの日は夜明け前から5時間も釣ってボウズでばあさんともう引き揚げようかと話しておったところじゃった。ところがばあさんがここは鯛の釣れるところじゃないか、と言い出したんで見るとそのとおりじゃった。ばあさんはその頃には山立てまでできるようになっとった。運試しと思うて釣り糸を垂れたんじゃ。十分、二十分と容赦なく時間が経っていく。一時間経っても引きがない。わしはもうどうでもいい気になっておったがばあさんは諦めんかった。女ちゅうのはしぶといもんじゃ」

そう言いいながらじいちゃんはさもおかしいと言うように笑った。僕と厳じいさんもつられて笑った。ただ僕は母のことを思い出して笑ったのだが。

「ところがじゃ、ばあさんのしぶとさが実を結ぶ時が来たんじゃ。最初は幽かに引きがあった。何か来たな、という感じじゃ。ところが海面が大きく波立ったかと思うと次ぎの瞬間わしは体ごと引っ張られて海へ引きずり込まれそうになった。咄嗟にばあさんがわしの腰を両手で摑んでくれたんでわしは海へ投げ出されずに済んだ。さあそれからが大変じゃ。何かわからんが化けもんのような奴と格闘じゃ。相手は必死で右に左に逃げようともがく。わしは逆らわず相手の行く方へ身を向けながらも確実に糸を手繰り寄せた。とうとう奴が姿を現しよった。ばあさんに〝たも〟と叫ぶともうすでに用意しとったとみえて奴の体ごと網で掬いとったが重くて一人では揚がらない。そこで二人で力を合わせてやっと船に引き揚げたんじゃ」

じいちゃんは話しながら次第に興奮してきて、その化け物のような魚を船に引き揚げたくだりまでくるとまるで今の事のように息が上がっていた。こんな奴じゃった、と例の手差しで大きさを示す。僕はまた真に受けて、へえー、と驚く。すると厳じいさんが言った。

「わしも見せてもらったが、あれは六十センチもあるマダイじゃった。あんなのはめったに揚がるもんじゃねえ」

僕はああやっぱり、じいちゃんは嘘を言ったんじゃないんだ、と胸をなでおろした。心の中で母にじいちゃんの代わりに弁解をしている自分がいておかしかった。

「さあさ、そろそろお開きにしたら。厳さんもそろそろ帰らないとお嫁さんにしかられますよ」

「嫁さんてどっちの嫁さんじゃい」

厳さんも負けてはいない。

「決まってるじゃあないですか。年上の方ですよ」

「仕方ねえ。じゃあ帰るとすっか。拓ちゃん休みにゃじいちゃんに付き合ってやりな。最近行ってねえだろ」

厳じいさんは顔を真っ赤にして少し足をふらつかせながら、僕に目で合図を送って帰って行った。

母は老人二人が引き上げると、もうこんなに散らかして、またお酒をこぼしてるわ、部屋中お酒の臭いが取れなくなるのよね、年寄りは口ばっかり達者で自分の身の始末もろくにできないのよね、と聞こえよがしに文句を言いながら後片付けを始めた。僕は母に逆らうのは怖いので何も言わず片付けを手伝った。でも僕はじいちゃんも厳じいさんも年寄りだと思ってない。若者が年を取っただけだと思っている。母に言うときっとまた、あんたの得意な屁理屈ね、と言うに決まっているから何も言わなかった。

翌日、僕が目を覚ますとじいちゃんはもうすでに海へ出ていた。昨日の雨は上がって、雲一つない晴天だ。こんな日に海へ行かない手はないだろう、と僕は思った。

父が庭に出て植木を眺めている。年の割に贅肉のない引き締まった細身の父の後姿を眺めながら、僕はめっきり白髪が増えたと思った。こんな風にじっくりと父を見たのは始めてのような気がする。昨晩のじいちゃんの話が影響しているのかもしれない。何故父が漁師を嫌ったのか知りたい気がした。

父は僕の気配を察したのか後ろを振り返った。起きてたのか、と言ってにっこり笑った。その笑顔がどこかじいちゃんと似ていたので僕は少し驚いた。じいちゃんの息子が父なのだから何の不思議もないのだが、僕の中ではじいちゃんが別格の存在だから、なんだか変な気がしたのだ。朝は時間がないのでしたい気はあったが父に質問するのは止した。

僕が学校で一番楽しみなのは昼の弁当とクラブ活動だ。僕は放課後が待ち遠しい。六時限目の終わりのチャイムが鳴るともう僕は居ても立ってもいられない。ホームルームを耐えて部室へ即行する。まだ誰も来ていない。汗とほこりが混ざり合って醸し出された体育会系の独特の臭いが鼻を突く。窓も入り口のドアも全開にする。でも僕はこの臭いが好きだ。

僕の次にやって来るのは黒親父だ。

「おっす、今日も一丁頑張るか」

黒親父はいつもこう言いながら入ってくる。まるで自分自身に気合を入れているように僕には聞こえる。相変わらず黒目勝ちの大きな目は水を得た魚のように活き活きとしている。僕はその目に見つめられると呑みこまれそうな気分になる。

二人でキャッチボールをしている内に他の部員も揃い出して、やっと本格的に練習が始まるのだ。部活は一応五時半までと決められているが、いつも僕はもっと練習したいと思う。

金曜日なのでユニフォームを持って帰る。また母のぼやきを想像して僕は少し憂鬱になった。

その夜、父が珍しく僕を散歩に誘ってくれた。金曜日ということもあるし今朝の僕の態度が気になったのだろう。

父はトレパンにTシャツというラフな格好にサンダル履きである。僕も同じ格好だ。小さい頃はよく父と姉と三人で夕食後こうして海へ散歩に来たものだ。あの頃は姉と二人犬みたいにじゃれ合ったり、音楽の時間に習った面白い歌を唄ったり、先生に叱られた時の悔しさを聞いてもらったりして僕にとっては結構有意義なひとときだった。それにまだばあちゃんも元気だった。そんな事を思い出しながら僕は父と肩を並べ無言で防波堤に向かって歩いて行く。

陸風が立ち始めた。昼間の蒸し暑さが嘘のように消え涼しくなってくる。

「この辺にしようか」

父の一言で港を巡る防波堤に腰を降ろした。港には船は一艘も見当たらない。皆出払っているようだ。防波堤にはすでに何組かの釣り客が来て夜釣りを楽しんでいる。

「何か父さんに話があるんじゃないのか」

父は唐突に切り出した。僕は最初少しためらったが、こんな機会はそうあるものじゃないと思いなおして勇気を出して聞いた。

「父さんはどうしてじいちゃんの跡を継がなかったの」

しばらくの沈黙の後、薄暗がりの中で父は話し始めた。

「もうおまえも子供じゃないんだから正直に言うよ。ほんとの所は漁師という仕事がみじめったらしくていやだったんだ。重労働の割に実入りは少ないし、常に危険と隣り合わせの仕事だ。それに母親、いやばあちゃんの苦労も見てきてるから嫁さんになる人に同じ苦労をさせたくなかった。でもじいちゃんをちょっとでも楽にしてやりたいとは思ってたから、大学で水産学を専攻して就職も水産試験場を選んだ。なんていうと格好良く聞こえるが実は漁師という仕事が嫌いで跡を継がなかった事に対する罪滅ぼしの気持ちもあったんだ」

父はそう言うと、肩の荷を下ろしたかのようにほーっとため息をついた。僕はそれに対する感想は述べずに畳み込むように尋ねた。

「ばあちゃんはどうしてじいちゃんと一緒に漁に出ることにしたの」

「じいちゃんも年を取って一人で漁に出るのが危なっかしくなってきたと思ったんだろう。じいちゃんが心配だったんだろうな。ばあちゃんは働き者だったからね」

「ばあちゃんはじいちゃんを愛してたんだね」

僕は、愛してた、に特に力を入れて言った。僕の記憶にあるばあちゃんは漁具の手入れや捕れた魚を卸売り市場まで運んだり、食事の用意や家の掃除もして休む暇もなく働いている姿ばかりだ。でもたまの漁の休みの日は僕の相手をして、じいちゃんと漁に出た時に出会ったとっておきの話をしてくれるのだった。こないだのマダイの話も聞いたような気がする。そんなばちゃんは僕が小学校三年生の時に亡くなった。病気になって病院へ入院したのを覚えている。

「おまえは将来何になりたいんだ」

まるで神経を麻痺させるような、足元のテトラポットに規則正しいリズムで打ち返す波の音を聞きながら僕はじいちゃんから聞いた同じ言葉を父の口からも聞いた。じいちゃんの言葉よりもっと直截な言い方ではあったが。僕は黙っていた。言うべき言葉が見つからなかったのだ。

僕は、じいちゃんが僕にじいちゃんの跡を継ぐ事を願っている、とはどうしても父には言えなかった。父もそれ以上僕に答えを迫るような事はしなかった。

近くのバケツで魚がパチャッと跳ねる音がした。

姉は僕にとってありがたい存在だ。何かあれば文句を言いながらも僕をかばってくれる。特に母から。ちゃらんぽらんな僕に厳しい母にとりなして、僕があまり叱られずにすむよう取り計らってくれるのは姉だ。

そんな姉が最近元気がない。人の心の機微に疎い僕にも気づくぐらいだからよほどのことに違いない。姉は僕が言うのもなんだがなかなかの器量良しだ。母に似たのだろう。こじんまりした瓜実顔で、鼻は細く尖がっていて、唇はふっくらして肉感的だ。色白なので熱いものなど飲むと頬がピンクに染まる。だからって僕がどうということはないが、要するに異性にもてるタイプだ。性格はどうかというと、僕には母よりずっとまし、と言える。

そんな姉が最近帰りが早いし、食事もそこそこに自分の部屋へ引きこもってしまうのでさすがの母も心配しだした。そこで例の母のやり方で直談判に及んだが、跳ねつけられてしまった。思い余って母は父に相談した。父は、若い娘は気紛れだからほっときなさい、の一言で片付けてしまった。父には従順な母はもうそれ以上詮索しなかった、というよりできなかった。

日曜日、久しぶりに野球部の練習が休みで家でごろごろしていた時だ。庭でじいちゃんが漁具をいじっている傍で姉が真剣な顔をして話しこんでいる。僕も時々じいちゃんと話し込むので知らん顔しておいた。

翌日、姉は機嫌良く出勤した。不思議に思ってその日の帰宅後じいちゃんに尋ねてみた。

姉は好きでもない相手に言い寄られていたらしい。毎晩待ち伏せされて食事や映画に誘われたと言う。上司なので断るに断れず、会社に入って早々で相談できる人もなく一人で悩んでいたらしい。

僕はそこでじいちゃんが姉に何と答えたのか尋ねた。

「それはじゃなあ、上司じゃろうがなんじゃろうが、嫌なもんは嫌とはっきり意思表示する事じゃ、と言ってやった。そしたら最初は困った顔しとったが、そうやね、っちゅうて急に顔がぱあっと明るくなりよったんじゃ。それだけのことじゃよ」

僕はなるほど、と頷いた。でも不安はあった。

その晩、姉の帰宅は遅かった。僕は気になったので寝ずに起きていた。

玄関で人の気配がしたので急いで行くと姉だった。

「なんなの」

いつもの姉のつっけんどんな言い方だった。

姉が元気を回復したのが僕には分かった。後日、姉がじいちゃんに語った所によると、最初は戸惑ったが意を決してはっきり行く気のないことを告げたそうだ。すると案外物分りよく相手は引き下がったということだった。

姉が以前の姉に戻ったので母は安心したようで、じいちゃんのお蔭だとも知らず、若い娘はやっぱり気紛れね、とかなんとか独り言っていた。

僕がじいちゃんと漁に出たのはそれからしばらく経った休日だった。一緒に漁に出るのは久しぶりだ。午前三時に起き出した。まだ誰も起きていない。朝というより夜中と言った方がいい。音を立てないように台所へ降りて行くともうじいちゃんが朝食のおにぎりを握っていた。小皿に塩昆布と鰹節と梅干が取り分けてある。三種類の味のおにぎりを作るつもりだ。なかなか芸が細かいのには驚かされる。ガスコンロが音を立てているので覗くといわしの丸干しがいい匂いをさせている。冷ましたおにぎりと丸干しを竹の皮に包みその上をデパートの包装紙でくるんでゴムバンドで止める。僕はその手際のよさにしばし見とれていた。お茶もいつの間に沸かしたのか薬缶ごと流しで冷やされている。

僕が寝ている間に、いつもじいちゃんはこんな風に独りで準備を整えて漁に出かけていたのだ。

お茶と弁当を提げて出発だ。じいちゃんの船は浮きを三個繋げてその上に板を渡しただけの簡易桟橋に他の船一隻と共に繋いである。

軽々とじいちゃんは桟橋を渡って船に乗りこむ。僕は久しぶりなこともあって少し足元が危なっかしい。

「なにをもたもたしとるんじゃ。しっかりせい」

先が案じられる。今日は一日じいちゃんの叱咤が飛ぶのかと思うと少し気が重い。

じいちゃんが甲板灯のスイッチを入れたので足元が照らされ僕は無事船に乗れた。甲板灯と言っても操舵室の壁に添って立っている柱に白熱球が一個付いているだけの代物だ。でも結構明るく、甲板で作業するには充分である。おまけにじいちゃんの船は二〜三人乗りの小型船なので尚更だ。よく見ると白熱球の隣の円柱状の筒に錆びて赤茶けたバケツがかぶせてある。その錆び具合はじいちゃんの船の年輪を感じさせる。

この時分になると他の船にも甲板灯が点り浜がそろそろ賑わい始め、朝の挨拶や釣果を期待し合う声が潮の香と共に流れてくる。僕は朝まだき頃の出漁前の浜の活気が好きだ。失望も喜びもない交ぜにした期待だけが溢れている。

エンジン音に続いて船が身震いしたかと思うと波を蹴立てて次々に出港し始める。どの船も港の入り口に立つ灯台の一定の間隔で点滅する赤い灯に導かれ迷うことなく港を後にする。

赤錆びたバケツをじいちゃんは取り除いた。

じいちゃんの船〝春陽丸〟もいよいよ出港だ。僕は胸がわくわくすると同時に得体の知れない不安にかられる。じいちゃんにはそんなものはないのだろうか。操舵室の明かりに照らし出されたじいちゃんの深く皺の刻まれたその横顔は思いの他穏やかだ。

港を出た船は思い思いの方向へ散って行く。この暗闇の中を目的の漁場へと違わずに向かって行く。今の漁船には大概ロラン（電波による位置測定装置）がついているが、じいちゃんの船にはロランさえない。わしには山立てというロランがあるからいらんのじゃと言って頑固に拒んでいる。山立てと言うのは、目印になる山や建物の重なりを利用して位置を決める方法だ。目と勘だけが頼りじゃ、とじいちゃんは誇らしげに言う。

海は穏やかだ。暗く黒ずんだ海面からやっと昼間の熱気から開放され立ち昇る冷気が心地よい。ポンポンポンポン、ポンポンポンポン、規則正しく刻まれるエンジン音はじいちゃんの人生を刻んできたのだ。エンジンは何代も入れ替わっただろうが、じいちゃんは変わらぬテンポで飽きることなく人生の歩調を刻んできたのだ。

エンジン音が間延びしてきだした。そろそろ漁場に近づいてきたのだ。最後の唸りを上げてエンジンが止まった。

「拓、錨を下ろせ」

じいちゃんの合図で僕は錨を下ろした。

いよいよ操業だ。といってもじいちゃんは網は使わず手業だ。大物ねらいの一本釣りだ。

所定の位置に腰を据えると前もって用意した仕掛けに餌のえびをつけ始めた。ずんぐりした器用そうには見えない指先が餌を素早く付け、鮮やかな手さばきで糸を海底へ降ろして行く。まるで職人芸を見ているようだ。その間、一言も口を利かない。僕がそばに居る事など全く無視しているかのようだ。糸の位置が定まったらしくじいちゃんはやっと僕の方を見て微笑んだ。

「今日は何を釣る気なの」

じいちゃんは一本釣りが本業だが季節に応じて釣る魚と漁法が違う。僕はたまにしかじいちゃんの船に乗らないから仕掛けを見ても何を釣るのかまで分からない。

「鯛じゃよ。今頃のマダイはサクラダイと言ってな、一年中で一番味がいいんじゃ」

そう言うじいちゃんの目が一瞬挑戦的な光を帯びて輝いたような気がした。

「昔、そうじゃなわしがばあさんと二人で漁に出る前まではこんなサクラダイが日に三十本も釣れたもんじゃ。ところが今はこの有様じゃ。よう釣れて四～五本じゃ。みんな網でごそっと掬うようになってしまったもんでな」

こんな、と例の手差で示した魚の大きさは僕の感覚では三十センチを下らない。

じいちゃんの横顔を覗くと、腹立たしさや情けなさを通り越した悲哀が滲んでいた。

「くそっ、えさだけとって逃げよった。しぶとい奴じゃ」

じいちゃんはえさだけとって逃げた魚を罵りながら降ろされた糸を巻き上げる。なかなか巻き上がらない。やっと巻き上がったら直ぐまたえさをつけて海底に沈める。

「じいちゃん、僕もやってみるよ」

その言葉を待ってましたとばかりにじいちゃんは予備の仕掛を指差して僕に持って来させ、えさをつけろと言う。じいちゃんは手を離せないので僕は見よう見真似でえさをつけ釣り糸をさっきのじいちゃんのようにゆっくりと降ろしていく。

「そうじゃ、うまいぞ」

じいちゃんはにたっと笑って僕を横目で見る。僕はじいちゃんのペースには引きこまれないぞ、と思ってにらみ返す。

「きたっ」

引きがあったがすぐ次の瞬間元の軽さに戻った。

「ちくしょう、えさだけ取っていきやがった」

「あはははは、こりゃあ脈がある」

じいちゃんは僕とじいちゃんの間の空気を震わすほど豪快に笑った。

こんな事を二人で何回か繰返すうちに東の空が白み始めた。じいちゃんの顔が薄明の中にうっすらと見える。

「一服じゃ」

出掛けにじいちゃんが作ってくれたおにぎりを食べる。うまい。どんな高級な料亭の上等な料理よりこのおにぎりはうまいに違いない、と僕は思う。船酔いもせず僕はじいちゃんのおにぎりを全部食べてしまった。

最初にじいちゃんに引きがあった。

「来たぞ、今度はいけるぞ。たもを持って来い」

　針にくらい付いた魚は右に左に逃げ惑っているらしく釣り糸が左右に揺れる。じいちゃんは魚の動きに合わせながら確実に糸を手繰り寄せる。海面がぶるーんとしなった瞬間僕は無我夢中でたもを海中に入れ魚を船に引き上げていた。

　ふと横を見ると僕の糸も引いている。

「じいちゃん大変や。僕のも引いてる」

「わしのやった通りにやるんじゃ」

　僕は糸を掴んだ。思ったより強い力で引いてくる。海の底へ引きずり込まれるのではないかという不安がよぎる。冷静になれ、と自分に言い聞かせる。そうだ、じいちゃんは魚の動きに逆らわず身を任せていた。僕もそうしてみた。だめだ。糸が伸びて行く。焦る。

「糸を少しづつ引くんじゃ」

　じいちゃんのアドバイスで僕は我に返った。相手の動きに合わせつつ、相手がちょっと怯んだ隙に糸を手繰り寄せる。だがそれもほんの一瞬で最後のあがきで相手は全力で引っ張り返す。僕はまた海に引きずり込まれそうになる。怯んだ所を引き返す。そんな駆け引きを何回も繰り返した挙句やっと海面にその姿を現した。

「いくぞ」

　掛け声と共にじいちゃんはたもを海中に差しこみ一気に魚を甲板に引き上げた。僕は息をするのがやっとだった。

「よくやった」

じいちゃんの言葉が僕の疲れきった耳に心地よく響いた。

足元には四十センチはあろうかと思われるサクラダイが今しも上がった朝日の中にその桜色の巨体をくねらせていた。よく見るとそのくすんだ桜色の背中には青い斑点が朝日を受けて輝いている。これがマダイだ。これが正真正銘の天然のマダイだ。そう思うと僕は感激で体が震えた。

「今日は上出来じゃ。短い間に大物が二匹も上がった。久々のヒットじゃ」

じいちゃんのこんなに嬉しそうな顔を僕は久しぶりに見る。こんなのが日に三十本も上がった頃の嬉しさはどうだったのだろう。きっとその頃は当たり前の事で今ほどではなかったのかもしれない。

二本のマダイは結構良い値でせり落とされた。

その朝市でじいちゃんが大物を釣ったというのはちょっとした話題になった。おまけに孫と一緒だったというのが、後継ぎができたという話にすりかわって一人歩きを始めた。

町内にその噂が広まるのに時間は掛からなかった。近所の知り合いに会う度に、じいちゃんの跡を継ぐんだってな、頑張れよ、じいちゃんがさぞ喜んでるだろうな、と僕に話しかけてくる。僕はそれには答えずただ笑ってごまかす。僕はそう言われることを嫌だとは思わないが、僕の中では結論は出ていないので答えようがないだけだ。ただ一番困ったのは母に問いただされた時だ。母は僕を漁師にしたくない。父と同じようにサラリーマンにしようと思っている。

何故漁師になんぞなろうと思ったんだい、じいちゃんにそそのかされているだけだよ、漁師になんぞなっても食べて行けないんだよ、しっかり勉強して大学出てサラリーマンになっておくれ、ねえ頼むよ、最後は泣きつかんばかりの有様で僕は困り果ててしまった。

僕は自分の将来は自分で決めようと思っている、と答えるのが精一杯だった。それでもまだしつこく言い募ってくるので僕は言ってやった。ひょっとしたら漁師になるかもしれない、って。母は鳩が豆鉄砲を食ったような顔をして黙ってしまった。よほど僕の言い方が断定的だったせいかもしれない。

野球部の練習に気合が入ってきた。全国高校野球選手権大会の予選が始まるからだ。僕は一年生だしおまけに高校になってから野球を始めたので当分対外試合には出してもらえない。野球部は部員の数が多いので三年生でさえレギュラーになれないで泣いている部員もいる。それでも皆練習にはまじめに出てくる。

全員の基本練習が済むとレギュラーだけの試合に向けての練習が始まる。僕等は受けそこねたボールを拾いに走り、バットやグローブを揃え、練習がスムーズに運ぶように気配りをする。甲子園に出るのは無理だけど予選で何試合かは勝って欲しい。そんな思いで僕は真剣にボールを拾いに走る。汗がじっとり背中や胸をはってくる。野球帽の中からも額や項を伝って汗が水のように流れてくる。でもほっておけば天日に干されて乾いてしまう。唇が乾いてくるので舐めると塩辛い。

中学から野球を始めた連中はやはり上手い。レギュラーのバッティングフォーム、送球の仕方、盗塁のタイミングなど見ているだけで自分も一緒に練習をしているような気になってくる。

カーン、いい当たりだ。ボールが初夏の青空に放物線を描いて飛んで行く。ホームランだ。三年生の主将が打った球だ。高校生活最後の、甲子園への夢をかけた気合の入ったホームランだった。

こうやって体中、埃と塩に変わった汗にまみれながらの練習が毎日続いているので、僕はあれ以来じいちゃんと漁に出ていない。でもじいちゃんは相変わらず独りで朝な夕なに愛船〝春陽丸〟に乗って海に出ている。相変わらず形よく作った三色おにぎりと冷やしたお茶を船に積みこんで。

梅雨が明けて間もなくの頃、天気予報では曇り時々晴れで注意報もなにも出ていなかったが、夕方急に雲行きが怪しくなり、雷を伴って大粒の雨が降り出した。僕は野球の練習をしていたので急な夕立に慌てて皆と体育館へ逃げ込んだ。夕立にしては少し長いと僕は感じたが、雨が止み外へ出たときにはすでに西日が射し始めていた。ところがグラウンドに目をやると大きめの水溜りがいくつかできていたので僕は少し驚いた。これではグラウンドが使えないのでいつもより早めだが練習を切り上げることになった。思わぬ夕立に土ぼこりが治まり、夏の日差しで焼きついた地面が冷やされて爽やかな風が時折吹き抜ける中を、僕は少々拍子抜けした気持ちを抱きながら家路に着いた。

玄関にはじいちゃんの履物がなかったので、僕は今日も海に出たんだな、とぼんやり心の隅で思った。

じいちゃんの帰りが遅い、と言い出したのは母だった。時計を見るとすでに十一時を回っている。いつもより二時間近くも遅い、と母が騒ぎ出したのでやっと家族全員が心配しだした。そう言えば今日の夕立が結構ひどかったことを僕は思い出した。じいちゃんの船には近代装備を何一つ積んでいないので、こんな時連絡の取りようがない。

どうしようもないので父が厳じいさんの家へ様子を聞きにいった。厳じいさんの船には無線があるので呼び出して聞いてもらうと、夕立は激しくて突風も吹いたが直に治まって大した影響もなかった、徳さんの船は見かけてない、という返事だった。

厳じいさんの船は大きいから平気でもじいちゃんのは小さいから影響があったかもしれない、と思うと心配でじっとしていられず僕は父と港まで足を運んだ。

港の入り口にある灯台の傍に立ったまま沖合いを父と二人で見つめ続ける。僕も父も一言も喋らず息を殺して沖合いの船影を見守る。

僕達の心配をよそに爽やかな風が時折鼻先を撫でて行く。

船が一隻こちらへ向かって来る。僕も父も防波堤から身を乗り出すようにして見るが、遠くて誰の船か見分けがつかない。エンジン音が大きくなるにつれ船の全容が視界に飛びこんできた。じいちゃんの船だ。

「おーい、おーい」

僕は全身の力をこめて叫んだ。操舵室から腕だけ出してじいちゃんが手を振っている。こちらに気がついたのだ。

次ぎの瞬間、僕は桟橋へ向かって駆け出していた。後ろを振り返ると父も息を切らしていたが、僕と目が会うとめったに見せない笑顔が返ってきた。

無事桟橋に横付けされた船からじいちゃんが降りてきた。疲れている。荷物をじいちゃんの手から受け取りじいちゃんの後を歩く。父が言った。

「今日はボウズだったのか」

　少しの間があって

「そうさな、ちょうど漁場についた時に夕立が来よってな。雨だけならまだしも稲光がしたかと思うとどこから湧いてきたのか突風が船の横っ腹を蹴り上げよったんじゃ。わしはふらついて倒れた拍子に頭を打ってしばらく気を失っていたらしい。気がついたときには船が流されとった。じゃが幸いな事に雨で空気が洗われたのか陸の灯りがよう見えてな、おる位置がよおく分かったんじゃ。気いを失ってる時にな、ばあさんが現れよって、じいさんしっかりしてくだされや、まだまだわたいの分まで頑張って大物を釣ってくだされや、ちゅうんじゃ。一緒になった時分のように若こうて艶っぽい姿やった。わしが抱きしめようとして手をさしのべた途端に消えてしもうた」

　じいちゃんは最後の言葉をさも残念そうに遠くを見つめながらつぶやいた。

　こんな事があってからもじいちゃんは、日に一度は海の空気を吸わんと体がなまっちまう、と言って家族の心配をよそにせっせと海の神さんに挨拶しに出かけて行く。相変わらず大物ねらいだ。

　僕の船の行く先は僕自身にもまだ分からないが、いつかじいちゃの言う昔の豊かな海が戻ってくるよう祈らずにいられない。そのために僕にできることがあればなんでもしたいと思っている。

瑞穂の奇祭

地場輝彦

国中に数ある豊穣・繁栄を祈る祭事の中でも一際《ひときわ》露骨な祭りとして知られる飛鳥坐神社《あすかにいますじんじゃ》の「おんだ祭」に、権作は、今日は妻を連れてやってきた。真冬の大和の、晴れ渡った門前で屋台が立って賑わう参道から鳥居をくぐると、直ぐ目の前に急な石段が現れた。

子孫の繁栄と豊かな稔りを願う瑞穂の国の祭が、「和合神事」という古来からの形をのこし、大化の改新が花開いた飛鳥の地で今なお息づいている。この地の人々は、事代主神初め四座が鎮まるこの社にて、代々ずっと祈ってきた。

先日、「一緒に祭に行こう」と案じながら誘ってみたところ、ナカは素直に首をタテに振った。このところ夫婦仲が冷え切ってしまっていたので、それを見て、権作はホッと胸をなで下ろして今日を迎えていたのだ。

権作にナカがピッタリと寄り添い、息急き切りながら石段を登ってゆくその途中で一番太鼓が鳴ってしまった。「あっ、遅かったか」まだ舞台が見える場所まで行き着かないうちにその音を耳にし権作は焦りだした。

平らな所は勿論、枝分かれして坂になった小径や小高くなった石垣までも見物人で溢れかえり、人垣を掻き分け掻き分け登ってゆくもなかなか前へは進めない。体中汗だくになりながら、やっとのことで、二本の松が立ちならぶ幹と幹との間に少しばかりの隙間を見つけることができた。二人は素早くその間に体を斜《はす》にして入れ前後にくっついて立った。少し目の前にぶら下がる松の小枝が少々邪魔にはなったが、ここからは何とか舞台を見ることが出来る。

「ナカ、ひと先ずここで我慢しよう。後で良い場所に移ろう」

「そうやね」

さっそく神事に目をやってみると、すでに神楽殿では宮司や神職たちによる「お祓い」「神饌物」の儀は終わってしまっていて、「祝詞」の奏上が行われているところであった。

「ナカ、見えるか」

「何とかね。目の前の小枝が邪魔になって見えにくいわ」

小さなナカは、背伸びをしたり中腰になったり、顔を右に左に動かして風に揺れる枝を避けながら舞台の動きに目を合わせる。

「それぐいは我慢しろ」「……」

二人がそうして舞台の様子をしばらく追っているうちに、やがて、初めの一連の儀は恙《つつが》なく終わった。

「天狗」と「翁」と「牛」が舞台に上がってきた。程なく、特異な面を被ったこれらの者たちによる

演技が動きだした。翁が農具や牛を操り、
　土を鋤く。畦を切る。田を均す。

田植え前に土地を耕すこの所作には可笑しさが漂い、見物人たちは頬をゆるめ舞台の動きを一つ一つ目で追う。

ここで突然、天狗や翁たちが舞台から降りてきて、見物人の間に割って入り簓《ささら》になった（先の割れた）青竹を振り回して暴れだした。

「わあーっ、こりゃかなんな」

「一体これは何事や」

人垣がかき乱され見物人たちはざわめきだった。がそれは、そんなに長くは続かず天狗も翁もサッと舞台に戻ってしまった。見物席を騒然とかき乱しておきながら、舞台に戻るとまるで何事もなかったかのように先ほどの続きをやり出した。

こんな思いがけない一幕もありはしたが、この農耕の場面はそうするうちに終わってしまう。

次は、神官が舞台に登り、
　苗代へ籾をまいてゆく。それが終わると、今度は苗を植えていった。

　やがて、この田植えの役どころもあっという間に済んでしまった。

暫しの間をとった後、扇と鈴を左右の手にし小さな冠を額の真上に戴いた美しい巫女が現れた。権作は、正《まさ》しく神の使いだ、と思わずにはいられないほどの、清らかな、神々しい、その姿を見て「うーん」と唸ってしまった。

巫女は舞台の真ん中に立って息を整えると、しずしずと舞い始めた。

白と赤の衣に身を包み、煌《きら》びやかな扇を上下・左右に自在に動かし、葡萄（の房）のような鈴を「チリン、チリン」と打ち鳴らして、巫女は舞台で回りながら厳かに舞う。

この得も言われぬ清らかな巫女舞いの世界に引き込まれてしまった見物人たちは、すっかりこれに陶酔し、この後に執り行われる、かの名高い「和合神事」を忘れさせられるほど、この舞いに夢中になってしまった。

この間に二人は移動し、苦労して舞台前の広場までどうにか辿り着くことができ、ホッと一息をついた。

そんな舞いを奉じた巫女も、やがてその役回りを終えると舞台から静かに消えてしまう。


ここで、あの忌まわしい女のことが頭に浮かび複雑な気分になった。

中背でがっしりした体つきの権作は、天秤棒を担いで「魚売り」をしていたが、その商いを退けてから社の参道の外れにある茶店に立ち寄るのが楽しみであった。しばしば立ち寄るうちに情が通い合ったそこの女のことを思い出し口の中に急に苦汁が満ちてきた。

なかなか言うことを聞かない茶店の女に「わしの子を産んでくれ」と無理矢理説き伏せ入れあげて

きたのだが、結局その女にも子が宿らなかった。挙げ句の果てに女は他の男をつくってしまい二月ほど前に姿をくらませてしまった。

それというのも、ナカと一緒になって八年経っても子が授からなかったことから、権作は別の女に自分の子を産ませようと思い立ち、茶店のあんな女に走ってしまったことではあるが、結局、ナカを苦しめただけに終わってしまった。

そんなこともあって権作は、ナカへの罪滅ぼしとここの神様への縋《すが》る思いとで、今日は妻と一緒にこの社にやって来たのだ。

二番太鼓が鳴った。

この太鼓を合図にチョンマゲ姿の天狗と艶めかしい態《なり》をしたおかめが、いちゃつきながらざわめく参道を仲睦まじく登ってきた。

「おかめ、あんまり、なよなよするな」

「天狗、これからしっかり頑張れよ」

周りの者たちは二人に向かって盛んにヤジを飛ばす。

肩を叩かれたり袖を引っ張られたりしながら、天狗とおかめは、やがて神楽殿の前の広場までやってきた。なおもヤジを浴びながら、ほどなく二人は舞台に登った。これからが今日の祭りの一番の見所であり、見物人たちはその始まりを今や遅しと固唾をのんで待っていた。

いよいよ舞台の上では翁を仲人にした天狗とおかめの「婚礼の儀」が始まった。

先ずは、おかめが動く。山盛りに飯を盛った椀を膳にのせ両手で持って威儀を正して座している二人の神官の前まで運んでゆき、その一人ずつの前に恭しく差し出して置く。

その行為の終わるのを見届けると、今度は天狗が動き出した。天狗はその膳の前まで行くと畏まって立った。そして、子供の腕ほどの太さの、一尺余りの黒光りした、竹筒を両手で握りしめ自分の股間にあてがってグルグルと回し始めた。かと思うと、その先をピンと上に向け、そして直ぐに、下へと向きをかえる。

天狗はこんな動作を神官の前で幾度か繰り返した。それを終えると、今度は見物人の方を向いて立った。ここで、今神官の前でやった行為をしばし繰り広げた。それから股間にあてがった竹筒を握りしめ、それを回しながら舞台の上を歩き回った。

「天狗、元気やのう」

「お前は若い」

そして次は、もう一度見物人の方を向いて立ちその竹筒に柄杓でゆっくりと酒をかけた。この仕種《しぐさ》をみた見物人たちは、

「おい、道具を浄めているんか」

「天狗、それはどういう意味や」

と、ざわめき立った。

この「汁かけ」が済むと、おかめは舞台の上で急に仰向けになってひっくり返った。すると、天狗はその足を持ち上げ下ろしたりしてから、体の上に胸を合わせて乗っかってゆく。そして、名高い「和合の儀」を衆人の目の前で生々しく繰りひろげた。この演技こそ、上代から守り継がれてきた、子孫繁栄、五穀豊穣、を願うこの社の最も大事な儀式なのだ。

舞台を見つめる者たちの目はこの行為に皆釘付けになってしまった。

「なかなかやるやないか」

「天狗よ、もっと励め」

神聖な境内のあっちこっちでヤジが飛ぶ。

ここで権作はふと傍らに目をやってみると、ナカは頬を紅潮させ何時になく興奮して見ていた。

「お前、えらい真剣に見とるやないか。子が欲しいんやな」

と、からかうように囁きかけてみる。

「まあーっ、いややわ」

ナカはこう言いながらも、その丸い顔は生き生きと輝き目元が笑っている。周りの見物人たちは皆舞台の二人に虜になってしまって動こうともしない。

やがて、天狗は「種つけ」を終えると立ち上がった。そして懐にゆっくり手を入れる。中から（何枚も重なった）紙を取り出しおかめの股間を（立ったまま）拭いてみせる。

「ああ、やらし」

「よう人前でそんなことが出来るのう」

見物人たちは天狗のその振る舞いに盛んにヤジを飛ばす。

この行為を終えると、天狗はその紙を一枚一枚見物人たちに向かって撒き始めた。これが「福の紙」と言われるものであり、この日この紙を拾えた者は果報者で、やがて、子宝に恵まれる、家が栄える、と地の人々に信じられてきた。

権作とナカが今日この祭りにやって来たのは、この紙が欲しかったからである。この福の紙を拾って帰り、自分たちの子を授かりたいものだ、と祈るような思いでこの祭りにやって来たのだ。


舞台から撒かれた福の紙の一枚がふわふわと権作たちの前まで飛んできた。それを取ろうと権作が背伸びし手を伸ばすと、斜め前の男が突然身をひるがえし飛び上がるようにしてそれを自分の手の中に収めてしまった。その拍子に体と体がぶつかって権作は倒れてしまった。と同時に、男も姿勢を崩して倒れてきて権作を強く踏んでしまった。

「痛い！」

太股を踏まれた権作は悲鳴を上げた。

「すまん、すまん」

「すまんで済むか。この野郎！」

権作は大きな声で怒鳴りつけ睨みつけた。このとき、その男が左手に福の紙を持っているのが目に入った。「あれや。あの紙や。よし、あれを……」と思うや、男が杖にしていた棒を取り上げ思い切りそれで相手の額を叩きつけた。

「痛い。たたた！」

力余って額が切れ血が伝いだし男は地べたに崩れ落ちてしまった。「今だ！」と思った権作は、男の手から福の紙をひったくって自分の懐の中へ素早くしまい込んだ。「占めた！」権作はほくそ笑んだ。

すると この時、矢のような速さで何かが飛んできた。余りの早さに何であるのか見分ける間もなくそれは権作の頭に当たってしまった。

「いた、痛い！」

目から火花が飛び散り、権作はその場によろよろと倒れてしまった。

「あんた、どうしたん」

ナカに体を揺すられて気がつくと、目の前には赤い天狗の顔があった。何が頭に当たったのか考える間もなく、

「こらーっ、神聖な境内を血で汚す奴があるか！」

声を震わせ険しい顔相をして天狗は権作を怒鳴りつけた。とこの時、雨もないのに天空から雷が轟きわたり天狗の声を一層厳しく響かせた。周りの者たちの目は権作のいる方に一斉に注がれた。この隙に棒で殴られた男はその場からこっそり逃げ出してしまった。

天狗の怒声と周りの者たちの槍のような視線を浴びて、権作は一瞬気が遠くなりかけた。が、直ぐに痛みも退いて、ナカに助けられてやおら起き上がると天狗の顔はもうそこにはなかった。

「あれっ、どうしたんやろ。何時の間に天狗が消えたんやろ」と不思議に思いつつ舞台の方に目が向くと、今にもこっちへ向かって飛びかかってきそうな恐ろしい顔をして、天狗は権作の方を向いて睨み付けていた。

こんな一事も起きはしたが、やがて、この日の舞台は全て滞りなく終わった。


権作とナカは最後にここの神様に参拝を済ませると、ぞろぞろと皆の後に続いて石段を降りていった。ようやく社を離れ表道へ出るとゆっくり家路についた。この日は、朝から空は晴れ渡り風もなく穏やかな日和であったのに、二人が神社を出て暫くすると雨がポツポツ降り出してきた。

「おい、雨が来たぞ」

「あんなに晴れてたのに」

「急ごう」

二人は帰りを急いだ。飛鳥川の橋をわたり甘樫丘《あまかしのおか》近くまでやって来ると大分雨足が早くなってきた。どんどん早くなってくる。権作とナカは手拭いで頭と顔をおおって家路を急いだ。何人かが二人を追い越していった。やがて、我が家がそう遠くないところまでやって来たそのとき、雷鳴もろとも稲妻が天地を駆け抜けた。

「ゴロゴロゴロ！」身の危険を感じた二人は、すぐ近くにあった楠の大木まで走りよりその葉陰に身を寄せた。

が、

「バリ、バリ、バリバリバリ！」耳をつんざくような轟音を放ち二人が宿っている大木に雷が落ちてしまった。直撃された楠の大枝が折れ頭上に落ちてきた。それが目に入った権作は、

「あっ、危ない！」

ナカの背を強く押し出し二人はその場から咄嗟に逃げ出した。振り返る間もなくすぐ後ろに大枝は落ちた。危ういところであったが、権作とナカは何とか難から逃れることが出来た。

「ああ危なかった」

「ほんまやったのう」

権作とナカは顔を見合わせあった。

こんな場面に出会《でくわ》しはしたが二人はようやく我が家に戻ってきた。

頭の天辺から足先まで体が濡れ寒さで震えが止まらない。さっそく囲炉裏の側で衣を脱ぎ濡れた体を拭いてさっぱりしたものと着替え、体を温めた。ここで権作は、腹巻の福の紙を手に取ってみるとべっとりと濡れてしまっていたので、そおーっと破れないようにし囲炉裏の端に置いて遠火で乾かした。そんなことをしているうちに、

「あんた、風呂が沸いたよ」

ナカの声がした。そこで、待ってましたとばかり湯殿に向かった。

権作はどっぷりと湯に浸かると、こんな日の湯はほんまに有り難いもんや、としみじみ思った。それから、ゆっくりこの日の疲れを洗い流した。権作が湯から上がると、続いてナカも湯浴みをし、二人がともに終えて囲炉裏の部屋に戻ってきた頃には福の紙はどうにか乾いていた。

そこで権作は腫れ物にでも触れるようにしてそれを神棚に供えた。そして二人はひざまずき、「どうか我々にも子が授かりますように」と、福の紙を奉じた神棚に手を合わせ恭しく祈った。

それが終わり、囲炉裏に戻って腰を下ろした権作がふと神棚に目を向けると、天狗とおかめの顔が二つ並んでそこに収まっていた。これを見て権作は目を丸くした。

「あっ、あれは昼間の天狗とおかめやないか。どうしてうちの神棚に！　妙なこともあるもんや……ひょっとするとこれは幻かもしれん」と思って目をこすり、頬をつねってからもう一度神棚を見上げてみた。が、二つの顔はちゃんとあった。

この余りの不思議な出来事に思わず権作は、

「ナカ、ちょっと来い。妙なことが起きたぞ」

と呼んでみると、「一体何事か」と思ったナカは直ぐにやって来た。

「神棚を見てみい。天狗とおかめの顔が並んどる」

「そんな阿呆な」

といいながら、ナカが神棚を見上げてみると、

「あっ、ほんまや。並んでる！」

びっくりしたナカは腰が抜けたかのようにその場にへたへたと崩れてしまった。

「何してるんや。しっかりせんか」

権作はナカの手を取り体を起こしてやった。そして、ここでもう一度神棚に目を遣った。すると、また妙なことが起こった。

「あっ、おらんぞ。天狗もおかめもどこかへ消えてしまいよった」

まるで狐に騙されたかのようなことが続けて起こり二人は二度びっくりした。

「へえーっ、今確かにおったのに」

ナカも不思議がった。

「ナカ、これは、ひょっとすると社の神様からの良い知らせかもしれんぞ」

「神様のお知らせやったらいいのにね」

ナカは、微かな望みを託して言った。

神社から戻って直ぐのこんな思いがけない一幕の後、二人は大和粥と少々の添え物だけの慎ましい夕餉を済ませた。それから何時ものように寛ぎ終えると、箪笥と衝立があるばかりの粗末な六畳間の寝屋に入った。今夜は先ほどの思いがけない出来事の故か、不思議に権作もナカも気分が浮き浮きとし体がほてった。間もなく福の紙をナカの枕元に置いて床についた。

しばらく、二人は昼間のことを語りあう。

「折角、福の紙が手に入ったんや。これの御利益に与かれるとええんやがのう」

「ほんま、子が授かったらええのにね」

こんなことを話しているうちに、だんだん昼間の神社の舞台へと話が及んでゆき、二人の心が知らず知らず近づいていった。ここで権作は、天狗とおかめのあの露骨な場面を思い出した。

「ナカ、今夜は神様が子授けを助けて下さるかもしれんぞ」

「そうあって欲しいね」

こんな一時を経て、二人は自然と労《いたわ》りあい思いやりあいして、次第に息づかいも激しくなってゆき何時しか夢の中を駈け巡っていた。この夜は雨が降りつづき、間断なく稲妻が青白い光を放っては雷が鳴り続けた。

やがて、二人は深い眠りに落ちていった。


一月半ほどが過ぎる。

ナカは、体の調子がここ二、三日どうも芳しくない。

「ナカ、どうした。元気がないやないか」

「体の調子が悪うてね。しんどいの」

顔色の良くない、しんどそうな妻からそんな言葉を聞かされ、権作は非常に心配をした。それから、なお幾ばくかの日が過ぎた夕暮れ時、

「あんた、宿ったみたいよ！」

ナカは顔一杯に笑みを浮かべて言った。

「そうか、それは良かった。ようやった」

権作も喜んだ。

長い間どうしても授からなかった二人の子がとうとう宿ったのだ。まるで夢のようだ。

「嬉しいわ」

「ほんまやね。長かったのう。これは、きっと福の紙の御利益やろうな」

「そうかもね」

ナカは頷き目を輝かせた。

それからの二人には、今まで味わったことのない喜びの日々が訪れた。こうなると権作は、これまでのように酒で憂さを晴らして夜遅く帰ってくる、というようなことをめっきりしなくなった。

ところが、である。

そんなある日、ナカは朝から体が重く調子が良くなかった。さざ波のように押し寄せる腹の痛みに見舞われ、苦しみながらも炊事をしていると、手から人参がスルっと滑り落ちてしまった。それを拾おうと屈んだその時、「あっ！」激しい痛みに襲われるとともに新しい命を体の外に流し出してしまった。

ナカは突然魔に取り憑かれたのか目の前が真っ暗になった。みるみる体の力が抜けてゆきそのまま床に崩れ落ちてしまった。今のいままで喜びに包まれていた夢が一瞬にして流れ去ってしまい、同時に、心の中へは悲しさと空しさの波がどっと押し寄せてきた。

夕方を迎える。

仕事から戻ってそのことを聞かされた権作は驚きのあまり頭の中が空っぽになってしまった。地団駄踏んで悔しがった。傍らで青白い顔をし目に涙をためて悲しそうに臥せている妻を見て、

「残念やったのう、ナカ」

権作は溜め息をつきながらこう話しかけた。

「……」ナカは、弱々しい目だけを返した。

長い間待ち望みやっと授かった新しい命がこの世に生まれ出ることなく、闇の中へと消えてしまった。それからというもの、ナカはすっかり元気をなくし日に日にやつれ痩せていった。

こんな姿をみるにつけ権作は精気を失ってしまい、「何でこんなことになってしもうたんか」もはや元に戻ることがない、そんなことが分かっていながらも何故かそのことを考えずにはいられなかった。

「茶店の女に子を産ませようとしてしくじってしもうたし、男の額を叩いて血を見てまでも福の紙を横取りした。これでは罰も当たるわな。そんな挙げ句の出来事や」と、権作の頭の中をこれまでしてきたことの一つ一つが駈け巡った。

月日は矢のように過ぎてゆく。

一月、また一月、と過ぎてゆくにつれ二人の心は次第に癒されていった。やがて、あの喜びを奪わ

れた日のことをすっかり忘れてしまった権作は、今ひとつ気分が優れない妻に、

「ナカ、また坐《います》神社のおんだ祭やのう」

「そうやね」

「今度も二人で一緒に行こう。そして、子宝を授けてもらおうや。な」

こう諭すように言ってみると、

「そうしたいわ」

ナカは久しぶりに目を細め、にっこりほほ笑んだ。

てりむくりの生涯

登　芳久

小学二年生のころは、三つ違いの妹の多美子が「あんちゃん、あんちゃん」といって、いつも私にまとわりついていた。大阪の天満橋から京都の亀岡市に至る〈亀岡街道〉に面した狭い割長屋には、この妹の下に更に二人の女の子がいて、そのうちの一人は今年生まれたばかりの乳飲み子であった。この二人の育児にかまけて、母親は一切の外出が出来なかった。

私は学校から帰ると、神崎川の河川敷で僅かな野菜を育てている祖母の手伝いに出た。四畳半の中座敷で一人ぼっちになるのを恐れて、多美子は「あんちゃん、あたいも行く！」といって、強引に家庭菜園までついて来ることもあった。一人で手内職をしている母親がときどき起す、頬をピクピクさせて感情をむき出しにする、逆上性ヒステリーから逃れたい一心なのである。

終戦で父親が復員して来てから三年が経っていたが、わが家の困窮は増すばかりであった。大阪近郊の〈在郷の街〉は、その周辺に豊かな農村を控えていて、あの食糧難の時代にも幾らかの余裕があった。しかし地元の麦酒《ビール》会社に勤めるサラリーマンの家庭では、日用品から副食の惣菜類に至るまで、全ての生活物資を現金で購入しなければならず、わが家の貧窮振りは眼を覆うものがあった。

第一章　最初の教科書は母親の手書きだった

亀岡街道沿いにある銭湯・春日湯の脇で、小学一年生の私は二月の空を見上げて立っていた。この銭湯横の木戸を入った先は江戸以来の裏長屋で、その一番奥にある柳田家に母親が教科書を譲り受ける折衝に来ていたからである。当時の教科書は相当に高価で、路地裏《こうした》の貧困家庭では使い回しをするのが普通だった。一年上の児童がいる家庭に早めに目星《めぼし》を付けておいて、人を介してその譲渡を受けるのである。

どこの家庭でも（現在と異なって）子沢山だったので、兄たちが教科書を譲った家から、その弟が別の学年の教科書を譲り受けるというネットワークが自然に出来上っていて、それほどの苦労をすることもなく、中古の教科書が循環していたのである。

昨年四月に小学校に入学したときには、若い母親にまだそんな才覚はなく、私は教科書を手にすることなく就学せざるを得なかった。四、五日してそのことに気付いた担任の西村先生は、私の机の脇に立って「そのカバンの中に入っているものを全部、今すぐこの机の上に出しなさい」と強く要請した。私は母親手縫いの国防色の布カバンから、セルロイドの筆箱、サクラクレパス、小さな竹の定規、ガラスゴマ、竹トンボ、スリッパの袋、花柄のノートブック等をつぎつぎに取り出して、天板の上に積み上げげた。

「たったそれだけなの」

「うん」

「そんなオモチャばっかりカバンに入れて来て、一体何しに学校に来てると思ってるの。たいがいにしてほしいわ」

いつの間にか四、五人の生徒たちが私の机の廻りを取り巻いていて、この西村先生の容赦ない追及にどっと声をあげて笑った。彼らは目抜き通りの裕福な商家の子弟で、幼稚園以来の同級生たちなのである。この学級でランドセルを持っていなかったのは私だけだったから、以前から母親手縫いの不恰好な布カバンが好奇の眼にさらされていることは知っていた。

「その竹トンボとガラスゴマは、そこにある塵箱《ちりばこ》にいますぐ捨てなさい。そして、明日《あした》からはこの教科書を必ず持って来るんですよ」

西村先生は手にされていた教師用の教科書を私の布カバンの中に強引に押し込みながらそう宣告された（当時の教科書は発行部数が限られていて、売り出し直後でなければ手に入らなかった）。今から考えても冷汗が出るくらい、そのときの私は貧相な格好をしていた。その惨めな姿を目の前にしては、さすがの西村先生も教科書を贖《あがな》うようには言い出せなかったようである。

この第三小学校への就学通知が来たのは、父親がまだ復員してくる前のことであった。そのときの町内会長は真向かいのテキヤの親分で、小学校に入学するにはランドセルと学童服が最低必要だとのアドバイスがあったが、わが家にはとてもそれを購入するだけの金銭《ぜに》がなかった。そこで、この親分は知り合いの呉服店《ごふくや》に母親を連れ出して、「これらの支払いはまたいずれということにしても、注文だけはしておかないと後々《あとあと》困ることになりますよ」と説得されたらしい。そして、その手続きに必要な〈衣料切符〉を店主に手渡すようにと促されると、それも手放してしまって、今は手許にないのだと母親が苦しい言い訳をした。あのとても気のいい親分も、思わず絶句されたそうである。

その二ヶ月後に広島の呉軍港から父親が復員してきたので、母親はさっそくその黒地のセーラー服の糸を抜いて改造し、私に着せることにした。だが、いくらなんでもイカリの徽章がついた水兵帽を被せるわけにはいかず、闇市《やみいち》で古い野球帽を購入してきて学校へ出したのである。

そのころの男子の学童服は黒一色で、それに紺ネルの裏地が付いていて、留め具の金ボタンには桜花が華麗に打ち出してあった。それが六月一日になると一斉に白と紺が交織りとなった夏服に替わるのだが、私は依然として黒いセーラー服のままであった。この特異な服装は、当然のことに仲間たちの苛《いじ》めの対象となった。

学年全員が校庭に整列する体育の時間などには、級長の太田尚志が「お前さんの並ぶところは、あっちの列じゃないのかい」と、お揃いのセーラー服で花が咲いたように騒がしい女子生徒の列を指さしたものである。

夏休みが明けた九月のある日、先の幼稚園組の父兄から「佐伯クンの使ってる教科書には、テストの問題の外に模範解答まで付いているそうじゃないですか。そんな不公平なことでは、真面目に勉強に打ち込んでいる私たちの子供が、可哀想だとは思わないんですか」との苦情が持ち込まれた。夏休みの宿題が未提出で、成績が落ちた言い掛かりのようだったが、無視する訳にもいかず、西村先生は母親を呼び出して善後策を協議された。

　このときに使用されていたのは、国語の〈サイタサイタ本〉として著名な国内初の色刷り教科書（昭和八年制定の第四期国定教科書）であった。母親は学校側の要請を容れて、内職の資材を包《くる》んで来た包装紙をＢ５の大きさに裁断し、その裏側に２Ｂの鉛筆でせっせとこの教科書を書き写した。夜泣きする赤ん坊を背中に括り付けたまま、低い作業台の上に覆いかぶさるようにして夜なべをしている姿は実に哀れであった。こうして書き上げた教科書をコヨリで綴じ、その出来上った分から私の布カバンの中に力いっぱい押し込んだ。

　こうしたさまざまな経緯があって、年が明けるとともに母親は西村先生に相談し、柳田家を紹介してもらったというわけである。後に聞いたところによると、柳田家では二年生の息子が使っている教科書の全てを母親に示し、この子が三年生に進級したら必ずお届けしますと約束してくれたそうである。それらの教科書は柳田家で代々継承されてきたものらしく、その中扉中央には優等生だけが毎年学校から下賜《かし》される径四センチばかりの〈賞〉という朱印が押されていた。

　この昭和二十二年の冬は、ことのほか寒気が強かったような気がする。そのせいか二月に入ると足の踵一面に皹《あかぎれ》が出来て、ヒリヒリした痛みが私を四六時中苦しめた。当時の父親はとても神経質で、私が学校から帰ると必ず盥《たらい》に水を汲んでこさせて、中庭の上がり框で裸足の足を濯がせた。こうした仕付けや作法が、余計にこの皹の痛みを増幅させた。長妹の多美子がつぎはぎを何回も繰り返した足袋を履いているのが、このときは真実羨ましかった。

第二章　月夜《よさり》には外《おもて》を見るなと言われた

私が生まれ育った〈在郷の街〉は、その東側に淀川の支流である神崎川が流れ、山手の西側には国鉄の線路を跨いで父親が勤める麦酒工場があり、それに隣接して大きな野球場があった。戦後の食糧難の時代には、このグラウンドに三本の井戸を掘って菜園とし、社員に無償で貸し出していた。したがって、わが家の家庭菜園は先の神崎川の河畔とこの野球場のグラウンドというように、街の東西に二里ほどの距離を隔てて並立することになった。

私は小学校に出掛ける前に、六十代の祖母にそのどちらの菜園に行っているのかを聞くことにしていた。関西の専業農家では、畑仕事は一人前の百姓がする作業ではなく、女子供が片手間にやるものだとされていた。そのこともあって、この野菜類の播種から収穫までの全てを、祖母と二人で計画して管理運営をしていたのである。

この畑仕事はまず大根で始まり、それがやがて蕪と大根へと進んで、その後はキュウリやナスなどの果菜類へと広げて行くのである。わが家の菜園もこの手順を踏み、私が二年生になったころには、腹の足しになるジャガイモやトウモロコシがそれに加わっていた。したがって晩の雑炊《ぞうすい》の中身がほとんど大根だけという状態は免れたが、この大根は畦の雑草の葉などで泥を刮げ落し、お八《や》つ（間食）がわりによく齧ったものである。シャキシャキとした繊維質の歯ごたえは、並木路子の歌う青森産の真っ赤な〈リンゴ〉を連想させた。

先に柳田家から〈賞〉の朱印が押された教科書を借り受ける話を書いたが、この約束がなされた翌年の三月には、新たに「教育基本法」と「学校教育法」とが公布されて、昭和二十二年四月に義務教育の年限を九年とする六・三制が発足し、教科書もこの制度改革に合わせて検定教科書に変更され、私も母親の内職のお陰でようやくこれを手にすることが出来たのである。子供の多い家庭では上から順に同じ教科書を伝えて行くので、途中で変わるのは困るという話も出ていたようである。

二年生の担任になられた山口敏雄先生は、私の机の横で唐突に足を停めると「どこかで見たことがあると思ったら、それは柳田兄弟がこれまで使っていた算数の教科書じゃないのか」と感に堪えないような声を出された。

「四月に西村先生に紹介されて、お母《かあ》ちゃんが貰って来た大切な古い教科書なんや」

「そうかい、そうかい。それにしてもお前さんはいつみても毎日忙しそうやな。そんなに忙しかったら予習も復習もでけんやろから、学習の段取りをそれなりに工夫することが大切だ。まあ、簡単にいうたら、その日に習ったことは、その場ですぐに覚え込むようにすればええということやな」

「……」

「あの柳田兄弟もそうしとった。毎日の授業ではノートは一切取らなんだ。その教科書には柳田家の三代に亙っての書き込みがあるから、板書《ばんしょ》も写さんでいいし、どこが重要かも一目でわかるようになっとる。試験の前日にその必要箇所にひととおり目を通しておけば、向うところ敵なしというわけやな。在日《ざいにち》の梁もそうして学年トップの首席をずっと続けとったんや」

「先生、その在日ってなんやねん」

「あほ。チョウセンのことやないか。佐伯はそんなことも知らんのか」

この梁敬文先輩とは二十代の後半にＮＨＫ大阪放送局の社員食堂で偶然に顔を合わせた。私は匿名《とくめい》で書いたラジオドラマのシナリオが採用され、その顔合わせに呼び出されていたからである。この同じテレビ局でエキストラをしていた梁敬文は、その郵便ハガキと青焼きのシナリオをひったくると、

「このチャンスを俺にくれよな。俺はもうどうしようもないほどに行詰まっとるんや、堪忍やで！」

という言葉を残して足早に立ち去った。このラジオドラマはそれほど評判にはならなかったが、梁敬文はシナリオも書けるテレビ俳優として、やがてスター街道を駆け上がって行くことになった。


いまでも真夜中に母親の夢を見て、それから目が冴えて眠れなくなることがある。それはきまって小学校に入る前年の歳末の光景で、こざっぱりした和服に着替えた母親が私を連れて駅前の軽食堂に入り、タマゴウドンを食べさせてくれるところから始まっていた。ウドンは私の手許《てもと》にある一杯だけで、母親は向かい側に座ってそれを食べる私を黙って見つめていた。ふうふういいながら私がその熱いウドンを食べおわると、母親はアーケード街を抜けて、国鉄の改札口がある階段下まで行ってから立ち止まり、私の両肩をもって今来た商店街の方角に向けると、「この道を真っすぐ行った突き当りが高浜神社だからね。そこからは一人で帰られるよね」と念を押すのである。

私がこっくりと頷くと、「家に帰ったら、お祖母《ばあ》ちゃんにこういうのよ。お母ちゃんが汽車に乗る

とき、きっと後十日したら帰って来るていってたって」と、その同じ言葉を丁寧に二度繰り返した。そして、私を階段の下に置いたまま、一気にそれを駆け上がっていった。金沢で一人暮らしをしていた母親が亡くなり、その葬儀に出るために祖母の反対を押し切って帰郷したことを後に知った。

この亀岡街道に沿った仕舞屋《しもたや》では、軒先の板塀に斜めに屋根を差しかけて〈鶏小屋《とりごや》〉を作り、どこの家でも五、六羽のニワトリを飼っていた。夜が白々と明けるころには、オンドリが大きな声で時を告げるので、厭でも早起きをすることになる。祖母の発案でこのニワトリを飼い出したのは、母親が金沢に発ってから間もなくのことであった。

学校へ行くまでの最初の仕事は、このニワトリに餌をやることであった。眠い眼をこすりながら鶏小屋を覗くと、卵を産んだばかりのメンドリが、コッコッコとその有りかを知らせに来た。私は手探りで巣箱の中からまだ生温かい卵を取り出し、それを大切に〈卵箱〉の籾殻のなかに埋ずめた。昼過ぎに街のうどん屋が〈鶏小屋〉のある家を一軒一軒覗き込みながら、その卵を回収して廻るからである。わが家にとっては貴重な現金の収入源となった。

そのころはよく、ニワトリが夜中にバタバタと騒ぐことがあった。イタチの出没がまだ続いていて、鶏小屋の金網にアワビの貝殻等がぶらさがっていたころである。私が思わず起き上がって玄関に向おうとすると、祖母がそっと手招きして「月夜に外を見るもんじゃないよ」と諭すように言った。その翌朝にはきまって、小さな布袋に入れた新米が〈鶏小屋〉の扉に結び付けられていた。

わが家は祖父の代までは近所の子供に漢籍を教えていて、それで足りない分を碁会所の収入で補っていたのである。そのために近所《ちかば》の農家で祖父の世話になった人も大勢いたが、その人たちも代替わりをしていて大っぴらには出来ないので、深夜にそっと食べ物を運んで来てくれていたというわけである。お互いに顔を合わせると気詰りなので、その善意を密かに祖母は受けていたことになる。

第三章　高浜橋を二回まわっては帰ってきた

人間は追いつめられると、ときに奇っ怪な行動をとることがある。その典型が金沢から帰って来てからの母親の言動にあった。当時のわが家は街道に面した出格子の裏が〈ミセ〉と呼ばれる板敷きの作業場になっていて、そこで母親が日本人形の着付けの内職をしていたので、家族で手が空いたものがそれを手伝うことにしていた。そうした一昨年の或る日、母親が少し手を留めて宙を睨んでいたかと思うと、突然「ギャッー」という奇声を発した。みると双眼をチカチカさせて、今にも泣き出しそうな顔をしていた。その脇の冬布団のなかには、まだ赤子だった次妹が軽い寝息をたてていて、狭くくすんだ室内の裸電球の下では、母親が内職に使っている作業台の周囲だけが、カラフルな布地に取り巻かれて不自然に華やかであった。

神崎川の土手にレンゲの花が咲き、ナタネの黄色が麦畑の緑をいっそう際立たせる春が二回も巡ってきたのに、わが家の経済状況は一向に好転しなかった。変わったことといえば、新しく女の子が生まれて次妹が寝ていた乳臭い布団に入り、その回りで彼女がハイハイしているくらいである。貧富に関係なくあのころはどこの家庭でも子沢山で、赤ん坊をおぶった学齢前の幼い少女が大勢の子供達のなかで遊んでいるのが、日常《つね》に見られる光景であった。わが家はそれに経済的な貧窮が加わって、それこそ身動きが取れなかった。

　あるとき、先の柳田家がある路地の三軒先の二階家で、一家六人が家屋に火を放って無理心中を図ったことがあった。それを新聞でみていた母親が「何で三人も生き残ってしまったのよ。神さまも無慈悲な仕打ちをなさるもんやね」と吐き捨てるようにいった。七歳の私はこのときから、母親から眼が離せなくなった。それを裏付けるように、幼い妹たちを道連れに三回も自殺未遂を繰り返すことになった。夜間に家族が揃っているときはいいが、昼間に母親が赤子を含めた三人の妹たちと一緒にいるときが一番危なかった。私は次妹とその下の妹だけになることの危険性を考えて、「あんちゃん、あんちゃん」と慕ってくる長妹をはぐらかし、畑仕事には連れ出さないようにしていた。

　兵役から帰還して元の職場に出るようになってから、父親の麦酒会社における地位が微妙となり、よく荒れて母親に暴力を奮うようになった。そうした夫婦喧嘩になると、実母が死んで実家が消滅してしまった母親は孤立無援となった。先の出奔のこともあって、祖母はあまりこの諍いには干渉しなかったので、母親は一挙に孤独の淵へと追い込まれた。

　手内職の華やかな色彩が満ちている作業部屋で、ひとしきり泣いていた母親は、ときにヒステリーを起して赤ん坊をネンネコ（綿入れのハンテン）で背負うと、二人の幼い妹の手をひっ摑んでから険《けわ》しい顔で私の方を見るのである。自分に付いてくるのかどうかを試しているのである。

　私は黙って母親に付いて家を出ることにしていた。ネンネコの上に他所行《よそい》きの上っ張りを引っかけた母親と五人でとぼとぼと夜道を歩いていると、ぽつんと一軒のうどん屋の看板が見えた。母親は躊躇することなく、その店のガラス戸を開けて中に入った。

「朝から何んにも食べてないんやから、好きなもの何でも頼んでええのよ」

いつにない母親のこの優しい言葉に、幼い妹たちは震えあがった。これまでにもこうした御馳走を食べた後で、死ぬの生きるのという修羅場に引っぱり出されたことが何回となくあったからである。

「わたしはキツネウドンでいいわ」と次妹がすぐに応じた。

母親の機嫌をこれ以上損ないたくないという配慮がみえみえである。母親は普段着の懐から紙入れを出して、この勘定が大丈夫であることを私に示した。内職の手間賃の一部を隠していたのだろう。

私たちはそのうどん屋を出ると神崎川に架かる木の橋の上を往って戻って、また往って戻ってを二、三度繰り返し、それからいつものように黙って自宅に戻ってきた。これまでの例もあるので、私は幼い次妹をこの橋から発作的に川に突き落して、赤子諸共に身投げをするのではないかと気が休まる暇がなかった。祖母は何も言わなかった。

こうした両親の薄氷を踏むような危うい生きざまをみていると、わたしはいつも山田風太郎がNHKテレビのドキュメント番組「生きもの地球紀行」を評したエッセイ「生きもの鬼行」（「風来坊随筆」所収）の一節を思い出すのである。

（この番組で）さまざまの生物の生態を見ると、彼らの世界は決して楽園ではなく魔界であることを知る。その生態の奇怪さに驚くよりも戦慄する。

彼らの関心は餌の採取と、テリトリーの防衛と、求愛行動と、営巣分娩と短期間の子育てで、それ以外には全然関心がない。要するに個体保存と種族保存のためにだけ生きている。これだけのことをするのに彼らは必死だ。その朝に一食がとれなければ、彼らは死ぬよりほかにないのである。彼らの安全を保障するものは何もない。天敵を持たない生物はほとんどない。

特に海底の世界は黙示録的だ。岩としか見えないのに、それがパクリと口をひらいたり、鼻から釣り竿を出して、糸をたらして、その先に肉片のようなものをヒラヒラさせて他の魚をおびきよせる怪魚がいる。その釣り竿も糸も肉片もみな怪魚の身なのだ。私は無神論者だが、宇宙の無限とこれらの生物の生態の怪奇ぶりには神らしきものの存在を思わないわけにはゆかない。

しかも決して善意ではなく、巨大ないたずらに似た悪意を。なぜなら、生物界には、悪意なくしては出現しない外形を持ったものだらけだからだ。私たちが籠や池に飼っている平凡な鳥や魚にしろ、あれを何十倍に拡大して見るがいい。ことごとく凄まじい、面《おもて》をそむけずにはいられない猛禽怪魚の面貌である。


祖母が畑仕事に出て、私が母親の手伝いをしながら白菜を漬けていたとき、私にだけ聞こえるような小さな声で、母親が珍しく話しかけてきた。

「あの金沢のお母ちゃんはな、前田侯爵の宿老《しゅくろう》はんに頼まれて、若いときに宮中で女官をしていたお人なんやけどな、戦後に病気になってからはすっかり一族の厄介者になってしもうて、あの大きなお屋敷の北側にあるこんまい納屋のような離れで独りで暮らしてはったんよ。箪笥も何もないガランとした粗末なあの部屋をみたとき、とても哀しくて声も出えへんかったわ」

散々苦労して駆けつけた葬儀も、かの地に知人が一人もいない母親にとっては、歓迎されざる客だったようである。ただでさえ火の車であったわが家の家計は、この母親の出奔によってそれこそ無一文になってしまった。これ以降、家計の収入の一切は祖母が握り、母親は一歩も家を出なくなってしまったのである。

第四章　養子を断っても教科書だけは届いた

大阪近郊のわが〈在郷の街〉も、昭和二十三年頃までは手付かずの自然が数多く残っていた。さいわいなことに空襲は免れたが、疎開道路の開通によって街のあちこちに大きな原っぱが出来て、この雑草が生い茂った草叢《くさむら》はクルマバッタなどの昆虫の宝庫であった。また、その周囲に取り残された樹木の梢では、関西特有のクマゼミがシャーシャーと喧しいほどに鳴いていた。

やがて夏が過ぎて田の水を落とすころになると、神崎川の下流にある堰が開けられ、上流の上新庄村付近に大きな砂州《さす》が出現した。大人たちはこの残り水のところでフナやコイやウグイなどの川魚を手づかみにした。私たち子供は河床の砂を熊手で掻き起こして、バケツ一杯のバカガイやシジミを泥だらけになって採取した。そして、それが終わると、いよいよ学校行事の〈ウサギ狩り〉が始まるのである。

この獲物であるノウサギは餌付けがとても難しく、どんな餌を見せても見向きもしないので、〈ウサギ鍋〉にして食べるしかなかったのである。ノウサギの生活圏は一ヘクタールほどで、その草むらに幾つもの〈ウサギ道〉を迷路のように張り巡らして棲息していた。この原稿を書くために「歳時記」を繰ってみると、〈学校をからっぽにする〉いわゆる学校行事としての〈ウサギ狩り〉は、関西に集中していることが分かった。その他の地方では、専門の猟師が捕ってきたノウサギの皮を剥いで、調理しやすい食肉として売っていたようである。


早朝に全校生徒が校庭に集合し、勢子《せこ》用の長い樫の棒を担いで亀岡街道を北上し、十キロほど先の猟場である（後の万博公園の手前の）山田村へと向うのである。現地では男の先生たちが手頃な小山の背に、大きな二重網をぐるりと張り巡らせて待ち受けていた。この郊外の猟場に到着した生徒たちは、一休みする間もなく女先生たちの指導によって小山をぐるりと取り巻き、ほうほうという大きな掛け声をかけて、一斉にウサギを山の上に追い上げて行くのである。

ノウサギを逃がさないように、どんな障害物があっても真っすぐに進むので、二時間ぐらいかけて頂上に達すると、手足は傷だらけで身体はくたくたである。そして、このハイライトは麓に設営されたテントの下での〈ウサギ鍋〉であった。ノウサギは野兎病がある上にいつも四、五匹しか捕れないので、生徒全員に行き渡るよう牛肉を大量に加えて大きな鉄鍋で炊き出されるので、当時としては大変な御馳走であった。

この〈在郷の街〉を取り巻く深い森林や河川には、依然として野生の生命が生々しく息づいており、それはそのまま私たちの食材にもなった。少し大袈裟にいえば、食物連鎖や輪廻転生が剥き出しになって存在していたということである。それはこの〈ウサギ狩り〉で網にかかったノウサギを首根っこを摑んで引き出し、その鮮度を保つために一気に背骨をへし折って殺し、手にぶら下げて山を降りる男先生たちの姿に象徴されていた。私たちより少し前の世代では、罠を仕掛けてツグミやホウジロなどの小鳥も捕っていたので、罠に掛かった生き物が野良犬やイタチの餌食となることもあり、この食物連鎖はより切実に感じられたことであろう。そして、そのハイライトが、冬の初めに亀岡街道で行われるニワトリの解体であった。

冬の到来によって鶏小屋のメンドリたちは脂肪がまわって卵を産まなくなるので、これを縊《し》めて食材にするためである。街道沿いの住民たちはニワトリは飼うが、こうした解体処理は不得手なので、専門の業者や仲買人が一括して請け負ってくれたのである（このニワトリにイエカがたかるので、そのころの亀岡街道沿いの民家にはとくにカが多かった）。

この業者たちは、街道筋の空き地に大きく薪を積み上げて焚き火をし、そこで縊めたニワトリの産《うぶ》毛《げ》を焼きながら解体作業を進めるのである。彼らの周囲に群がって見ていると、手際よく捌かれた鳥肉がつぎつぎとバケツの中に投げ込まれ、そのなかには発生順に連なった黄色い卵の塊なども混じっていたりした。この鳥肉の大部分は仲買人が買い取るが、私たちも鍋一杯分程度の量は配られて、その日の食膳を賑わせることになった。

　秋祭りまでのこうした〈旧市場かいち（繁華街）〉の一見華やかな自然の宴が終わると、やがて厳しい冬が訪れることになる。その冬の初日、教室に入ってこられた山口敏雄先生の顔は、いつになく紅潮していた。山口先生は黒板に授業内容を板書すると、生徒たちの方に向き直ってすぐに授業を始められた。私たちはその先生の言葉をノートに逐一書き取った。そうした状態が二十分ほど続いたとき、山口先生は唐突に言葉を切って、教室の中程にいた太田級長の方に向き直られた。

「もう俯いてひたすらにノートを取ることだけはやめようじゃないか。これほどわたしが一生懸命に話をしているんだから、それをただ下を向いて書き留めるだけではなく、もっと真剣に全身全霊でこれに向き合うとするのが、君たち生徒の礼儀じゃないのかね。そうは思わないかね」

　この先生の問いかけに対して、級長の太田はどう応じていいのか分からず、思わず眼を逸らしてしまった。山口先生はすかさず生徒全体を見渡してから、私の顔を睨みつけるようにして「佐伯、お前までが同じようにメモを取るとはどういう料簡なんだ。これまで何度も言っていたように、その場で全てを覚えて帰るのが、お前に課された鉄則だということを忘れたわけではあるまいな」と大きな声を出して叱責された。その眼には稲妻のような妖しい光があった。

「学問の奥深さに怖じ気をなしたか。労働と勉学が必らず両立するということは、幾多の先人たちによって実証されていることなんだ。そんなに自分を卑下することはないんだぞ。もっと気概と自信をもって学ぶということを忘れるなよ」

この生徒たちを挑発するような山口先生の激しい励ましの言葉は、このとき何故か私一人に向けられているように感じられた。

その年の正月明けに、山口先生が下宿されていた正覚寺の住職が小学校長を供なってわが家を訪れ、まだお子さんのいなかった長男（後に京都大学の教授になられた）の養子として貰い受けたいと申し出られた。随行してこられた小学校長は地元の素封家の長男で、毎朝一番に学校に出勤し、率先してトイレ掃除を行っておられる実直一途の人物として知られていた。この校長の古風な邸宅の斜め前には、今は自治会館となっている大店《おおだな》・塩屋清兵衛の店舗跡があった。天保の大飢饉の折には、この雑穀問屋で困窮した地元の日雇いたちのために、大規模な粥の炊き出しを五ヶ月に渡って行ったという記録が残っている。

「ご養子のことはもっとずっと先にお考え頂くこととして、取り敢えず三年生の教科書だけは、この住職さんが折角お届けしたいと申しておられるのですから……」

正覚寺の住職と私の祖母との二人がただ押し黙って向き合っているのを見かねて、この小学校長が思わず口添えをされた。

「世の中はいいこともあれば、悪いこともある。いわば〈てりむくり（照り起くり）〉の連続なんですから……。ここはそう堅いことを言わずに、何とか双方が得心がいくまでこれからも話し合えるよう、丸く収めていただけませんかね」

それでも祖母は眼に涙をためて、長男を養子に出せない理由を言い張って譲らなかった。

「いかに落ちぶれたとはいえ、惣領息子を養子に呉れなどとは、あの正覚寺さんはどういう料簡なんだ」と、それからしばらく祖母の怒りは収まらなかった。

こうして私の養子話は破談になったが、それでも三月中旬には新しい教科書が街一番の老舗書店から届けられた。この受け取りを拒否する祖母に、先代のときにわが家と取引があった初老の書店主は「もう返品はききませんし、正覚寺さんからも、きつく返品を受けないようにと申しつかって来ておりますので……」と後の言葉を濁し、そそくさと帰っていかれた。

このとき祖母は母親に命じて、その場でこの教科書を竃に入れて焼き捨てさせた。ネンネコに三女を背負った母親の背後に立って、私は黙ってそれを見ていた。

母親が大きな火鋏でその教科書の塊をかき回すと、分厚い紙の団子がほぐれて、中に描かれた淡彩の武者絵がパラパラと捲れ上がって炎に包まれて行ったことを、今も鮮やかに憶えている。そして、四月に木造校舎の二階にある新しい教室に移ったとき、三学年の担任となられた女先生から、私は初めて級長の指名を受けた。

◯

わが家の家計が苦境を脱したのは、私と長妹が同時に実社会に出て、その身の丈にあまる仕送りをするようになってからである。しかし、母親の貧窮に対する怯えは一向に収まらず、夜中に眼を覚ましてジッと闇の一点を見つめていることが度々あったそうである。やがて私たち子供六人全員が働くようになったとき、長妹は遅い結婚をして大阪のダウンタウンで所帯をもった。

その五年後、この連れ合いの勤めていた会社が破綻して、母親が何度もその上を往復したあの神崎川に架かる河川橋の橋桁にロープをかけて縊死した。私は勤め先で、同じ第一次オイルショック後の不況で、経営不振に陥った会社の救済と企業買収の業務を担当していて時間がとれず、長妹から幾度かあった相談したいことがあるので帰省してほしいとの依頼に応じられなかった。

父親が七十八歳で亡くなり、母親が養護老人ホームに入ったとき、私はこの長妹の勧めによって彼女を見舞ったことがあった。八十代半ばで相当痴呆が進んでいるということだったが、このときは施設の調理場で配膳の手伝いをしていて、私には見向きもしなかった。

「身体がお丈夫なので、気晴らしにああして作業を手伝ってもらっていますが、ときどき激情にかられてマグマが噴出することがあるんですよ」

この施設の女性責任者が、ユーモアを交えて母親の近況を説明してくれた。

痴呆が進んで夜間に徘徊するようになったので、一人暮らしの身を案じて兄弟姉妹六人で相談のうえこの施設に入れようとしたのだが、その入所の日に母親が抵抗し、先の河川橋の橋脚に狂犬が吠えるときのような嬌声を発してしがみついたという話を聞いていた。この母親は八十八歳で四年前にこの世を去ったが、貧困と自死の妄想がつきまとって生涯離れなかったそうだ。

雪舞

藤野碧

あちこちに露天商のテントが張られた寺の境内は、もうそれだけで塔子の気持ちを高ぶらせるにじゅうぶんだった。ふと、となりを見ると、多恵もやはり昼間の出来事など何もなかったような顔をしている。おまけにいつも以上に塔子に体をくっつけてしゃがみ、茣蓙に並べられたセルロイドの人形選びに夢中のようすだ。

塔子と多恵は、多恵の母親に連れられてここへやってきたのだった。

ふたりのおかっぱ頭の上には、赤い鹿の子絞りが結い込まれたおちょぼと呼ばれる桃割れが載っている。直径八センチほど、高さも四、五センチくらいあるお揃いのそれは、人の毛髪で作られたものだそうである。多恵の母親がついさっき土産に持ってきてくれたものだ。

節分の日にはこうして髪を飾ったりするのよ、と彼女はこどもたちに言った。それにこの日は、年配の女性が真っ赤な振袖を着て派手なお化粧をするかと思えば、男が女の着物を着たり、女が男の格好をしたりもするらしい。「おばけ」というのだそうだ。

節分の夜に現れる鬼を変装によって避けるという昔からの風習のようで、そんなことも彼女から聞いて初めて知った。もともと京都生まれの多恵の母親は、こんなふうに塔子の知らないことを、時どき教えてくれるのだ。

彼女は塔子の母よりずいぶん年上のようすで、大人たちの話しぶりからは、多恵の祖母と言っても通用しそうな年齢らしかった。


去年の春、遠縁にあたる多恵の両親が住み込みで隣町の料理屋に勤めるようになり、塔子の家で一年間多恵をあずかることになった。

関東の小料理屋とか、夜逃げ同然などという言葉が、両親の会話から洩れ聞こえるようになってまなしのことだった。ちょうど小学校に入学の年でもあり、親戚の大人たちが多恵にとっていちばんいい方法を考えた結果なのだと、そのとき塔子は聞かされた。理由の一つに、同い年の塔子も一人っ子だからきょうだいができていいだろう、というのも入っていたようだ。小学校ではクラスも同じだった。多恵の父親がやってくることは殆どなかったが、母親のほうは月に一度くらいの割合で娘に会いにきた。

四ヵ月早く生まれた塔子が、背丈も体重も多恵より大きいことが当たり前だと思っていたのは、入学したての時だけだった。多恵の体重はぐんぐん増え、夏休みが終わると、それまで明らかに塔子のほうが高かった身長も変わらなくなっていた。

遊んでいた多恵がいきなり塔子を押し倒し、馬乗りになって喚きだしたのは、背丈もすっかり塔子を越えた晩秋の午後だった。

「なんで、また、笛を買ってもらったのよ」

なんのことか、塔子はさっぱりわからなかった。腹の上に身動きできないほどの多恵の重さを感じ、呻きながら尋ねた。

「笛って……いったい……？」

「鹿の笛よ」

ようやく意味がわかった。前の日曜日に家族で奈良公園へ行った折に、塔子の母がふたりに金色の鹿の形をした笛を買ってくれたのだった。それは首からぶら下げることのできる紐のついたもので、ふたりは喜んでペンダントのようにかけ、鳴らしながら歩いた。

突然、音がしなくなったのは塔子の笛だった。唾が変な具合に入り込んで鳴らなくなったのかと強く振ったりもしたが、まったく音は出ない。何かの拍子で壊れたとしか考えられないと思った母は、塔子にもういちど同じものを買って与えたのだ。それが、多恵の言う鹿の笛だ。

たしかに塔子は鹿の笛を二つ買ってもらいはしたが、一つはまったく使えなくて笛としての価値はない。だが多恵はいま、その役にも立たない笛だけを塔子は持っていればいい、と言っているのだ。そこまでを理解した塔子は同時に、多恵が自分の言ってる意味の理不尽さをわからないはずはないと思った。

それなのになんで多恵がこんなことをするのか、まったく解せなかった。ただ苦しくて多恵の髪を掴んでやろうとするが、多恵は反りくり返って掴ませてはくれない。からだをもがこうにも、多恵の体重は塔子にそんな余裕すら与えない。次第に息が苦しくなってきた。本当に押しつぶされてこのまま死んでしまうのではないか、という不安が塔子を襲った。

吊り上げた眉の下からギョロリと睨みつける目、耳まで裂けるように広がって見える口。多恵の形相は、いつだったか父親の本で見た般若の面にそっくりだ。

「おりてほしかったら、買ってもらったことを、あやまる?」

多恵が塔子に聞いた。馬乗りになられることも初めてだが、こんなふうに上から恐ろしい形相で見下ろされるのも、塔子は初めてだった。思ってもいなかった多恵の行動に対する驚きは、次第に大きな屈辱に変わっていった。悔しいのと苦しいのとで涙が出てきた。

どうにかして下敷きになっているこの状態から逃げ出さなければならない。

「あやまる?」

もういちど多恵が口にしたのと、口を真一文字に閉じて満身の力で塔子が腰をねじったのと同時だった。すぐそばで、ぐしゃりとガラスの壊れる鈍い音がした。ガラスが大きな音を立てなかったのは、すでにいちど割れたことがあり、その割れ目に沿って油紙のテープが張られていたせいである。

からだに自由が戻った塔子が跳ね起きると、割れた水屋のガラスに、多恵が凭れるようにひっくり返っていた。塔子はすばやく、倒れこんだ多恵の髪を引っ張った。さっき馬乗りになられたときには、どうしても手が届かなかった髪の毛を掴んで、二度三度、力いっぱい引っ張った。ひくひくと肩を震わせはじめた多恵の顔から、さきほどの形相はすっかり消えていた。買い物から帰った母は、ふたりの涙を拭いたあとの顔を一瞥しただけで、水屋の壊れたガラスのほうに目をやった。

「暴れたいんやったら外で遊びなさい、っていつも言ってるでしょ。家の中で走ったらあかんって、あれほど言ってるのにちっとも聞かへんのやから」

その日は塔子も多恵も、口答えはせずに黙って小言を聞いていた。

「ああ、このお茶碗が割れへんで、ほんまによかったわ」

水屋の中には、お薄を点てる時の母が特に気に入っている、黄土色に墨で無造作に撫でただけのような模様の茶碗もあったのだ。

母が再び油紙のテープを割れ目に張りなおすのを見ながら、塔子は馬乗りになられたことも多恵の髪を引っ張ったことも、ひとことも話さなかった。それは多恵も同じだった。

翌日からはまたいままでどおり、学校へ行くのも遊びに行くのも一緒の、傍目には仲のよいふたりに戻っていた。

冬休みに入り、正月の三日ほどを多恵は両親の住む料理屋で過ごすと、母親に連れられて再び塔子の家に戻ってきた。

あっというまに三学期は始まった。

境内の参道に居並ぶテントの一つにしゃがみこんで、先ほどから多恵と塔子は茣蓙に広げられた何体もの人形を見比べている。

「塔子ちゃん、これが可愛いんじゃない」

多恵の母親が、赤いチェックのスカートをはいたそれを指差して言った。セルロイドで出来た人形の、つぶらな瞳と金茶の髪の色はどれも同じだが、着ている洋服の色や柄、デザインは少しずつ異なるのだ。

「それ、いま、わたしがほしいと思ってたところだったのに」

即座に多恵が母親を睨みつけた。

「あら、そうだったの。じゃあ、多恵がそれにする?」

「うん。これがいい」

「じゃあ、塔子ちゃんはどれがいい?」

「わたしは、こっちのがええわ」

塔子はピンクのギャザーを寄せたスカートに、白いエプロンをつけたものを選んだ。

「わたしも、それがほしい。ねえ、それも買って」

多恵は、塔子が初めて聞くような鼻にかかった甘ったるい声で、母親にねだっている。

「さっきこれがいいって言ったじゃないの。それなら、こっちと取り替える?」

「いや。どっちもほしい」

「でも、塔子ちゃんと同じのにしたら、どっちが誰のか見分けがつかなくなるじゃない」

延々と続きそうな母娘のやりとりを聞きながら、塔子はふと冷気が脇をくぐり抜けていくのを感じた。参道を振り返ると、今年何度目かの雪が石畳の上に舞い降りてきているのだった。塔子は別の人形を指差した。

「わたし、こっちの黄色いのでもええ」

それは、ピンクと黄色が異なるだけで同じデザインの洋服を着せられたものだ。

「塔子ちゃん、ほんとにそれでいいの？」

「うん」

「塔子ちゃんは、やっぱり多恵よりおねえさんね。かしこいわねえ」

多恵の母親が、ほっとした顔を見せた。

「わたしも、これ一つだけでいい」

多恵は最初に塔子が選んだピンクの人形を抱くと、赤いチェックのほうを茣蓙の上に置いた。買ってもらった人形を抱いてあちこちのテントを覗くうちに、参道に舞っていた粉雪が、いつのまにか牡丹雪にかわっていた。

顔を真っ白に塗り、一目で筆で描いたとわかる頬に傷をつけた着流しの男とすれ違った。小柄な体に撫で肩をいっそう窄めるようにして、雪を避けながらいく姿はどう見ても女だ。

「あれは、切られの与三郎のつもりね」

多恵の母親が愉快そうに笑いながら、いまのは女の人が男の格好をしてるのよ、と付け加えた。塔子はもういちど見たいと急いで振り返ったが、切られの与三郎は案外走るのが速いらしく、大粒の牡丹雪に後ろ姿は殆ど隠れてしまっていた。

「多恵、二年生になったらお父さんとお母さんといっしょに暮らせるようになるからね」

多恵に話しかける声がした。

「わあー、ほんとう。ほんとにほんとう?」

舞い降りる雪が、大きく開けた多恵の口の中に、次から次へと吸い込まれていく。そこいらじゅうを羽をつけて飛んで回るように、多恵は夕暮れの空に向かって手を広げ、スキップを始めた。多恵の頭のおちょぼが、塔子の目の前をくるくる舞った。

「塔子ちゃん。おばさんたちね、春から別のお店に移ることになったの」

多恵の母親が、塔子にむかって言った。

「そこなら多恵もいっしょに暮らせるだけの部屋を用意してくれるっていうから……」

ふーん、と塔子は応えながらすぐに、多恵の暮らす新しい家にはやっぱりいま使ってる机も運ぶんだろうな、などと思った。

髪におちょぼを飾ってもらってから、まだ二時間しかたっていない。それなのに塔子は、もう何時間も過ぎてしまったような、そんな気持ちで、昼間の出来事を思い返していた。

今日、学校で漢字の答案用紙を返してもらった。塔子が用紙のないことに気がついたのは、二階の子供部屋で明日の時間割の用意をしている時だった。入れたはずのところに、返された答案用紙が入っていないのだ。こんなことは一度もなかったのに、どこかへ落としてきたのだろうかと思った。今日の宿題の一つに、テストで間違った漢字をノートに二十字ずつ書いてきなさいというのがあり、しかも答案用紙といっしょに見せることになっている。だから、どうしてもそれがないと困るのだ。

いくら探してもないので、となりの机で同じように時間割をしている多恵に、一緒に探してもらうことにした。多恵は机の下を覗き込んだり、ゴミ入れの中を見たりして、自分の失くし物のように熱心に探してくれた。

ため息をつきながら塔子が多恵のランドセルに目をやったとき、多恵は開けっ放しだった蓋をあわてて閉めた。

「まちがって、多恵ちゃんのところに入ってへん?」

「そんなことないよ」

実際には、教室で塔子の席と多恵の席は離れているから、そんなことはありえない。だがそのときの塔子は、藁にも縋りたい気持ちだった。前回、同じような宿題が出た折に、うっかりして持ってこなかった友達が、教師から強く叱責されていたからだ。

「けど、ひょっとしたら多恵ちゃんのランドセルに、まちがって入ってるかもしれへんや」

「そんなこと、あるわけないじゃない」

「それやったら、見せてくれてもええやん」

いくら頼んでも、多恵はランドセルの蓋を開けて確かめようとはしない。挙句の果て、トイレにいくにもランドセルを背中にしょっていく始末だ。多恵があまりに隠そうとするものだから、テストの用紙が中に入っているとかいないとかとは別の苛立ちが、塔子の内にふつふつと沸きはじめた。それなら多恵がちょっとでもランドセルから離れた隙に中を見てやろうと、塔子はいつしかそのことばかりに気を取られるようになっていた。とにかく、記憶しているだけの間違った漢字を、ノートに二十字ずつ書き出すことにした。

塔子が諦めたとでも思ったのか、多恵は漸く、ランドセルをいつものように机の横に置く気になったようだ。おもむろに国語のノートを取り出し、漢字の宿題にかかり始めた。

漢字に限らず、多恵のテストの点数がよくないことを、入学してすぐに塔子は理解した。音楽も音痴の多恵は得意とは言えなかったし、走るのも太っていて遅い。いつのまにか塔子は、自分は多恵より優れていると思うことに、なんの疑いも持たなくなっていた。

そんな多恵が、優れているのは図画だった。それも、クラスでとび抜けて上手いのだ。塔子は図画は苦手だ。いくら多恵のように描こうとして工夫を凝らしても、多恵がすらすらと描いてしまう絵のほうが、よほどいいのだ。

金賞のシールを貼られた多恵の絵が、校内のどこかに飾られるのは常で、いまも学芸会の劇の場面を描いた多恵の絵が、教室の正面に飾られている。真っ黒のバックに、黄色の冠をつけた王様が家来を従え、これまた黄色の杖を手にして立っているところだ。塔子の目にもその絵の王様は、くっきりと鮮やかに描かれている。

多恵にはほかにも塔子にできない特技があった。日本舞踊だ。多恵は両親の好みで三歳くらいから日本舞踊を習っていた。初めて家に連れられてきた時も、人前で踊ることには慣れているらしく、促されるまま塔子たち家族の前で、しゃなりしゃなりと踊って見せたのだった。

塔子と違って多恵はたくさんの漢字をノートに書かなくてはならないはずだ。いつもの多恵なら、宿題の途中になんどもトイレや台所に立つ。そして、塔子ちゃんのももらってきてあげたよと、おやつを持ってきてはそれを齧りながら宿題のつづきをするのだ。

案の定、今日も漢字の書き取りに飽きてきたらしい多恵は、おやつを貰ってくるねと言って椅子をずらせた。そしてランドセルのほうにちらと目をやったものの、すっかり安心しきった顔で部屋から出て行った。

いっしゅんの躊躇をふり払って、塔子は多恵のランドセルの蓋に手をかけた。

明日の時間割の教科書とノートがあるだけで、答案用紙はどこにも見当たらなかった。

そんな筈はないと思うのだが、いくら見直してもないのだった。

「塔子ちゃん、私のランドセルになにしてるの?」

いつ戻ってきたのか塔子の後ろで、両手に塩せんべいを持った多恵が立っていた。

「なんにも、してへんよ」

「私が、盗んだって思ったんでしょ。私が塔子ちゃんのテストを盗んだって……」

言葉の最後のほうは聞こえなかった。塔子が呆気にとられるほど、多恵が大声をあげて泣き始めたからだ。晩秋のあの日も、多恵は壊れたガラスに凭れて泣いたが、こんなに大きな声ではなかった。

「そうかて……」

言い訳はできないだろうと思いながらも、塔子はまだ、そんな筈はないと多恵を疑っていた。多恵は泣き止まず、その声はだんだん大きさを増した。途方にくれながらも塔子は、誰が謝るものかと再び机に向かった。なかなか止みそうにない多恵の泣き声に二階へ上がってきたのは塔子の母だった。

事情を聞いた彼女は塔子に、

「多恵ちゃんを疑ったのはあんたが悪いんやから、ちゃんとあやまりなさい」

と言い、謝るまでこんどはお母さんがあんたを許さない、と畳に座り込んだのだ。母が言い出したら簡単に許してくれないのは、今まででよくわかっている。心の綱引きでいくら頑張っても、塔子は母には勝てない。

「多恵ちゃん、かんにん……」

確かに多恵がランドセルに入れるところを見たわけでもないのに、疑ったのは自分のほうが悪い。答案用紙をなくしたことは、母が意見したように、あした正直に言うしかない。自分を無理やり納得させると、重苦しかった気持ちが、ほんの少しだけ軽くなった。

多恵の泣き声は、いくぶん小さくなったが、それでもまだ、ひくひくと肩を震わせていた。

「はい、喧嘩はおしまい。ふたりともさっさと宿題をしてしもて、はよ下へきよし。今日は節分やさかい、小町屋の金つばがあるえ」

毎年節分の日になると、隣の町内にある小町屋の店先では、焼きたての金つばを求める節分祭帰りの客が列をなして並ぶ。塔子の母も、塔子たちが学校に行っている間に買ってきたのだった。

漢字の書き取りを終えた塔子は、いつもなら漫画を読んだりして多恵を待っているところだが、今日はさっさと階段を下りていった。でも結局、ひとりで先に食べるのは憚られて、多恵の下りてくるのを待つことにしたのだった。目蓋を腫らし怒ったような顔をした多恵と一緒に金つばを食べ終わり、どうにかふたりの間のわだかまりもとけた頃だった。

玄関の戸の開く音が聞こえたとき、ようすを窺うように多恵の動いていた口が止まった。

すぐに、外は寒いわねえ、という掠れた声が聞こえてきた。多恵の母親のものだ。

今日は、多恵に会いにくる日だったらしい。

塔子の母は挨拶をすませると、早速金つばと温かいお茶を多恵の母親の前に運んできた。

多恵はというと、母親のきたことに特に驚いたようすはなく、いつのまにか膝の上に座って金つばのつづきを齧っていた。

塔子が不思議に思ったのは、どうみても、母親が今日会いにくることを、多恵は前から知っていたようすなのだ。去年の春に多恵が家にやってきた日から今まで、塔子は多恵に、どんな些細なことでも話してきたと思う。でも、多恵はちがった。

月に一度、母親が会いにやってくる日、その日を多恵は知っていて、毎回、密かに心待ちにしていたのだろう。そしてそれは、塔子にも教えたくないくらい大きなことだったのだろう。

そのことに初めて気がついた。塔子は、いきなり胸の上に冷たいタオルを置かれたような感覚で、からだが震えそうになった。こんなにひんやりした気持ちになるのは生まれて初めてだった。

出されたお茶を一服するより先に、多恵の母親は風呂敷包みをほどき、白いボール紙の箱を二つ、塔子と多恵の前に置いた。

箱の蓋を開けると、見たことはあっても触れたことは一度もなかった、赤い鹿の子絞りの結い込まれたおちょぼが入っていた。

目にしたとたん塔子は、子供部屋での出来事や、心に沸き起こったもやもやなど、もうどうでもよくなってしまった。

早くはやくとせがんで二人は着物を出してもらい、上から綿入れのおでんちを着ると、頭におちょぼを飾ってもらったのだ。


「なかなか、止みそうにないわねえ。そろそろ帰らないと積もるかもしれないわ」

臙脂色したビロードのショールに降りかかる雪の粒を払いながら、多恵の母親がふたりを促した。

多恵の真似をして大きく口を開け雪を受けていた塔子も、黄色い洋服の人形を胸に抱えなおした。

セルロイドの人形の額があごに触れると、氷のように冷たかった。

「おかあさん、もうお店に帰るの？」

多恵が母親の手を引っ張って小さく呟くのが聞こえた。

「ううん、きょうは多恵と塔子ちゃんといっしょに豆まきをしてから、帰るつもりよ」

「豆まき?」

「そうよ。塔子ちゃんのお家で、おばさんも一緒にさせてもらおうかと思って。そうだわ、お面も買っていこう」

春になったら多恵と一緒に暮らせるからだろうか、塔子には今日の多恵の母親がいつもとは別の人のように朗らかに見えた。

家に帰ると、夕飯の時間よりずいぶん早いのに、塔子の母がお膳を用意して待っていた。

「多恵ちゃんのおかあさんが、海苔巻きを持ってきてくれはったんよ。先に三人でいただいてちょうだい。あとから豆まきをお願いしたいし」

節分祭に出かけたために時間がたってしまい、多恵の母親をあまり遅く帰らせるわけにはいかない、と母は思っているのだろう。自分は父が帰ってから、一緒に食事をとるつもりらしかった。

多恵も塔子も、節分祭で買ってもらったお多福のお面をお膳のとなりに置くと、のり巻きを口いっぱいに頰張った。

あら、あら、と言いたげな顔で多恵の母親が多恵を見つめている。その多恵の母親を塔子の母が微笑みながら見ている。

「おかあさん、春から多恵ちゃんもおばさんたちといっしょに暮らすんやて」

そう言って塔子は、二切れめの海苔巻きに手を伸ばした。

「よかったなあ、多恵ちゃん。けど、わたしたちはさびしいなるわ」

さびしいなるわ、という母の言葉を、海苔巻きを噛みながら塔子は黙って聞いていた。

噛んでもかんでも、一切れめと違って、なかなか飲み込めなくなってしまった。

さびしいなるわ、という言葉がのどの奥から込み上げてくる熱いものと混ざり合った、
夜が近づいているのに、窓ガラスに映る外の気配が明るい。玄関の戸を開けて外を覗いた母が戻ってきた。

「すっかり雪やなあ。雪が積もりだしたわ。お向かいの屋根がもう真っ白え。明日の朝は二〇センチくらいになってるかもしれへんわ」

「わー、ほんなら、雪だるまが作れるやん」

はしゃぐ塔子のとなりで、多恵が心配そうな顔を見せた。

「おかあさん、歩いてお店に帰れるかなあ」

「そろそろ豆まきをしたほうがええわね」

そう言うと塔子の母は、用意しておいたらしく、三人ぶんの豆をそれぞれ入れ物に入れて運んできた。自分たちの部屋から先に豆を撒いてきたら、という大人たちの言葉どおりに、二人は二階へ上がっていった。もちろん買ってもらったお多福のお面を被ることを忘れてはいない。窓をいっぱいまで開けると声を揃え、外に向かって豆を投げた。

「おにはぁ、そと」

塔子と多恵の張り上げる声が響いて、道行く人が可笑しそうに見上げて通った。

「ふくはぁ、うち」

背中で多恵の母親の掠れ声がした。

「おかあさん、もっと大きな声でないと、鬼が逃げてかないよ」

「わかったわ。じゃあいくわよ、おにはぁ、そと！」

いきなり大声を出した母親のとなりで、多恵が笑いながら、母親に負けじとさっきよりももっと大きな声を張り上げた。窓の下の瓦には、すでに五センチくらいの雪が積もっている。次から次へと投げられる豆は、柔らかそうな白い雪の上をふわっと飛んで、最初から何もなかったように音もなく姿を消していくのだった。

「ほら。おにはぁ、そと。ふくはぁ、うち」

多恵の母親がふざけて子供たちに、そろっと豆を投げた。多恵も塔子も子犬がじゃれあうように、お互いに向かって投げ合った。

「それ、トウコチャンオニだぁ、おにはぁ、そと。おにはぁ、そと」

塔子も負けてはいない。多恵にむかって豆を投げつけた。最初は遠慮がちだったのが、いつのまにか、雪合戦のように激しくぶつけ合っていた。多恵が威勢よく投げる豆をよけながら塔子は、腕相撲をしても多恵のほうが自分より力があるのを思い出した。豆を投げてよこす多恵に、ふとあの晩秋の日の、耳まで裂けた般若の口が重なって映った。

　二階が終わると階段にも撒いた。玄関の三和土にも、ぱらぱらと撒いた。

「おかげで、鬼は退散していったわ。今年もええことがあるえ、きっと」

　空になった入れ物を受け取りながら、塔子の母はなんども繰り返す。

「多恵ちゃんかて、春からお父さんとお母さんと一緒にいられることになったんやもん」

　いつものように母親を辻まで送っていくつもりで、多恵は長靴の用意をし始めた。

「多恵ちゃん、すごい雪やけど歩けそうか」

　塔子は自分も外に出たくて、多恵に声をかけた。多恵の母は、雪だから足もとに気をつけなさいとは言うが、ついてくるのをよしなさいとは言わなかった。塔子もさっさと自分の長靴を履くと、玄関の戸口に立った。

「塔子は、ここで待ってよし」

　すぐに背中で塔子の母の声がした。

「そうかて、わたしも雪の中を歩きたい」

「……あとで、ね」

　塔子がぐずぐずしている間に、多恵母子は、辻に向かって先を歩き始めていた。

「それより、ほら、さっさとしもてしまいよし」

　そう言って母が塔子に渡したのは、昼間あれほど探しても見つからなかった、漢字の答案用紙だ。

「なんで、おかあさんが……。いったいどこにあったん？」

「あんたらが節分祭に行っているあいだに、もういっぺん子供部屋を見にいったんよ」

塔子たちの机は窓にくっつけて置かれている。その窓と机の間に挟まって落ちていたのだ、と母は言う。

「そんなこと、ぜったいない。そうかて……」

思わず大声になった塔子が言うのを遮り、母はため息をついた。

「勘違いってこと、誰にでもあるやろ。それより、テストの用紙がでてきてよかったやないの」

勘違いは誰でもあるのだから、と繰り返すだけで、このことについてはもうしつこく言わないように、と母は念を押すのだった。塔子は、そんなことぜったいないぜったいない、と呪文のように唱えながら二階へあがり、ランドセルに答案用紙をしまった。

さっき豆まきをした窓を開いて通りを覗くと、電柱の光が白い道に丸く円を描いている。とぼとぼとこちらに向かって近づいてくる小さな影が、円の中で立ち止まり、いまきた道をふり返るのが見えた。

おちょぼを載せた小さな影は、いつまでもじっと同じ姿勢のままでいるのだった。

「多恵ちゃーん」

思わず呼んだ塔子の声が聞こえたらしく、大声が返ってきた。

「塔子ちゃんもおりてきたら。スケートができるよ、ほら」

踏みしめられた雪の上が、いくらか凍り始めているのだ。多恵は長靴でそうーっと滑る真似をして見せた。

「いま行くさかいに、待っててな」

急いで塔子は長靴を履いて表にでた。

これから節分祭へ行くところだろうか、スケート遊びをする塔子たちの傍らを大きくよけて、何組かの家族連れが通り過ぎていった。

白く輝く夜の道で、多恵と塔子は飽きずに長靴を滑らせた。ちらちらと降る雪が、突然、吹雪にかわっても平気だった。この冬、あと何回降るかわからない雪に、着物もおちょぼも真っ白になりながら、家には入りたくなかった。

いっこうに戻ろうとしない二人に、痺れを切らした塔子の母が呼びにきた。

「あきれた。ふたりとも白づくめやないの。まるで白鬼になったみたい」

白鬼、自分の耳にだけ残りそうな小さな声が塔子の口から漏れた。夢中で長靴を滑らせる多恵の背中に、般若の面が大きく浮かび上がった。だがそれはすぐに、降り積もる雪にまみれて消えていった。雪は途切れることなく、まるで二つの白鬼の影を鼓舞するかのように、激しさを増すばかりだった。

落下傘花火

渡辺光昭

一

中学校を卒業すると同時に村の製材所に勤めて一年半が過ぎた駿介《しゅんすけ》は、丸のこで原木挽《ひ》きをやっている作業中に、突然源次郎《げんじろう》から怒鳴りつけられた。目を三角にして原木をのせた台座を指さし、二度、三度と大声を張り上げたが、駿介にはなんで怒られているのかさっぱり分からなかった。

今まで何度かミスを犯して怒鳴られ、ひっぱたかれたことはあったが、今日に限っては自分に落度はないと確信できたので、そのまま無視して作業を続けた。

頭に血がのぼって真っ赤になった源次郎は、電源を切るやいなや、

「馬鹿野郎！　てめえ、何やってんだ！」

と叫んだ。仕事場にいた仲間の目が、一斉に源次郎に、次に駿介に注がれた。

駿介は、なにがなんだか分からないまま突っ立っていたが、なにも皆のいる前で頭ごなしに怒鳴りつけることはないだろうと、思わずむっとした。

それが更に、たんぱらな源次郎の怒りの炎に油を注ぐ結果となり、「この野郎！」と癇声《かんごえ》を上げると床に積んであった道具を蹴ちらして駿介に殴りかかってきた。すんでの所で仲間に抑えられて、そ

の場はどうにか収まったが、騒動の後はお互い顔を背けたまま口も利かなかった。

ようやく仕事が引けて製材所の門を抜け、一人自転車をひいて街道に出た駿介の心は、依然として持っていきようのない怒りでいっぱいだった。

春子《はるこ》の親父《おやじ》でなければ、とうの昔にぶっ飛ばしていた所だった。図体《ずうたい》がでかくて腕っぷしの強い駿介には、背丈がなく達磨《だるま》のような真ん丸い体をした源次郎を組み伏せることなど、造作もないことだった。

しかし、駿介は必死に自分を抑えた。ここで源次郎を殴ってしまったら、今まで春子の父親だからと我慢に我慢を重ねて顔を立ててきたことが、水泡に帰してしまう。いや、それよりも、これから自分と春子を結びつけるであろう赤い糸が、完全に断ち切られてしまう。駿介は唇をかんだ。今はとにかく我慢するしかなかった。

四十歳を過ぎた片桐源次郎は、製材所勤めが長く、その腕は確かで誰からも一目置かれていた。ただ、職人気質の頑固さとたんぱらな性格が嫌われ、酒癖も悪くて、酔っぱらうと誰彼みさかいなく喧嘩をふっかけて暴れまくるので、親身に付き会おうとする村人はいなかった。

こんな父親から、どうしてあのような鄙《ひな》にも稀な美人が生まれたのか、駿介には不思議でならなかった。もしかしたら、血はつながっていないのではないだろうか？　全身を真っ赤に染めて咆哮《ほうこう》し、転がり回る源次郎の酔態を眺めながら、ふとそんな思いにとらわれることもあった。

源次郎とは親子の年の差もある十八歳の中川駿介は、去年中学校を卒業するとすぐに製材所に勤めた。一年半が過ぎた今は、見習い期間を脱して、足場の掃除や木材の片付けなどの補助的な仕事から、ようやくいっぱしの原木挽きの相手を務められるまでになった。

今日も朝から、原木を腹で押す〝ハラオシ〟役を源次郎が、それを受け取る〝ハナトリ〟役を駿介が務めて、珍しく息も合って作業は順調に進んでいた。そして四本目の原木を台座に固定し、大きな丸のこで挽き始めた所で、突然源次郎が切れたのである。

俺の何が気に入らなかったのか？　作業の手順に何ら狂いはなかったはずである。もちろんミスも犯していない。俺に落ち度があったとするならば……駿介は考えつく限りの理由をあれこれ探してみたが、源次郎を激怒させるような要因は思い当たらなかった。

要するに、俺のやることなすことすべてが気に入らないのだろうと駿介は結論づけた。ミスをすれば、「おめなんかやめてしまえ」と怒るし、上手にこなせばこなしたで、「まだ青二才のくせして、生意気に調子に乗るんでねぇ」と癇癪《かんしゃく》を起こす。とても付き合いきれるものではない。このままいくと、いつか源次郎と大喧嘩をしてしまうに違いない。そうなったら、何もかも台無しになってしまう。やっぱり自分は、製材所勤めは向いていないのかもしれないと思わざるを得なかった。

春子をわがものにしたい気持ちは募る一方だったが、もしも結婚ということになったら、源次郎と親類にならなければならない。そう考えると気が滅入った。酒乱の男を義父と呼ぶのは嫌だった。

しかし、そんな夢みたいなことを考える前に、やらなければならない大事なことがあった。自分の思いを春子に打ち明けるという、一世一代の大仕事が。

駿介が、同級生の春子に好意を抱くようになったのは、小学六年生の学芸会の前日に行われた学年発表会がきっかけだった。

六年生の出し物は、『安寿と厨子王』の劇だったが、その安寿役が春子だった。誰もが適役だと思った。駿介は、山椒太夫の家来の役だった。

低学年から始まった発表会は、器楽合奏や合唱、踊り、劇と進み、いよいよ六年生の番となった。駿介は舞台の袖に立っていた。劇というものを真横から眺めるのは初めての経験だったので、とても新鮮に思えた。幕が開き、劇が始まった。反対の袖から、旅装束姿の四人連れが現れた。母親とその子である安寿と厨子王の姉弟、そして女中の姥竹《うばたけ》。四人は舞台の中央に歩み出て、ひと休みするために思い思いに腰を下ろし、旅笠を取った。

「早くおとうさまのいらっしゃるところへ行きたいわね」

安寿役の春子が観客に向かってしゃべった。駿介は、スポットライトに照らされた白くたおやかな横顔を見つめた。

台詞《せりふ》を紡ぎ出す真紅の唇の輝きも、声高の音色を生み出す喉もとのしなやかな動きも、初めて目にするものだった。駿介は、春子の微かな変化の瞬間も見逃すまいと、まじろぎもせずに見つめていた。

劇は四幕目に入り、越後で人買いにさらわれた安寿と厨子王は、丹後の由良の港で山椒太夫に売られ、毎日姉は海で、弟は山で働かされていた。弟を都へ逃がそうと機会をうかがっていた姉は、ある日遂に決行する。姉弟は泉の湧き出る所に立ち、姉は弟の無事を祈って椀《わん》に泉水を汲み、まずそれを自分で一口飲もうとしていた。

その時、姉弟は向かい合う格好になり、駿介からは真正面に春子の顔を見ることが出来た。弟と永遠の別れを覚悟した安寿の顔は、一段と白さを増したように感じられた。まばゆい照明が、今泉水を飲む安寿の姿を鮮やかに浮かび上がらせ、光と闇の彩なす舞台の上で、安寿と春子は一つに溶け合った。

春子は泉水を飲み終えると、静かに口もとから椀を離した。その時だった。ゆるやかに開かれた唇から、一滴、また一滴と、銀の雫《しずく》が白い尾を引いて滴り落ちた。それは、ほんの一瞬の光景だった。駿介にしか見えなかった。いや駿介にも果たして本当に見えたのかどうかとまどうほどに、探りようのない幻想的な光の戯れだった。

しかし、駿介の網膜には、後から後からまばゆい光の尾を引いた銀色の雨が降り続いていた。視覚がよみがえった時、春子の唇は光に向かって囁《ささや》きかけるかのように、濡れて輝いていた。

春子は声を強めて

「これがお前の門出を祝うお酒だよ」

と言って、持っていた椀を厨子王に手渡した。厨子王はそれを飲み干すと、泣く泣く姉と別れて舞台から消えた。

駿介は、逃げた厨子王を追いかける山椒太夫の討手《うって》の一人として舞台に上がったが、心は上の空の状態だった。劇が終わった後も、駿介の脳裏には、春子の唇から胸もとへきらめきながら落ちて行った銀の雫が、消えることなく映り続けていた。
それから、春子は駿介の初恋の人となった。

二

弓なりに反《そ》った砂利道の坂を上り切ると、茅《かや》ぶきの屋根の家なみが街道沿いに身を寄せ合うようにして居並んでいた。駿介はいつものとおり、路傍に立つ地蔵尊の所から街道を右に折れて農道に入った。家に帰るのには回り道になったが、途中には源次郎の家があり、そこには娘の春子が暮らしていた。

道すがら駿介は、電線に止まる烏を一羽一羽数えながら、「春子と会える、会えない、会える……」と花うらないに似せた文句を唱えて歩いていった。今日こそはぜがひでも春子に会いたいと願った。しかし、烏の方はそんな駿介の一途《いちず》な心を嘲笑《あざわら》うがごとく、ギャー、ギャーと不吉な声で鳴きわめき、電線に止まったかと思うとまた忙しなく飛び立って行って、占いにはならなかった。

杉の木立と竹藪《たけやぶ》の間から、春子の家が見え出した。茅ぶき屋根の煙出しからは、夕餉《ゆうげ》の仕度の煙が秋の夕空に低くたなびいていた。今、あの屋根の下では、姉さんかぶりにエプロン姿の春子が、コトコトと大根や葱《ねぎ》を切っているのだろうか？　ちょっとでもいいから、そのかいがいしく立ち働く姿を垣間《かいま》見たかった。

目立たないように、さりげなく歩調をゆるめて春子の家の前を通った。玄関の板戸は固く閉ざされていて、出て来る人の気配はなかった。やっぱり今日も会えないのかと落胆して、数歩通り過ぎた時だった。背後でガラッと戸が開いて、誰かが出て来る足音がした。駿介は、はじかれたように後ろを振り返った。

しかし、玄関前に立っていたのは、求める春子の姿ではなくて、春子の弟の宗男《むねお》だった。宗男はなぜか、駿介に向けた視線を外そうとはしなかった。その顔には、人を食った不敵な笑みが浮かんでいたが、目は笑っていず、父親譲りの相手を射すくめる鋭い光を放っていた。

「チッ！　小生意気なガキだ」

宗男はまだ小学校の五年生で、駿介とは七つ年が離れていた。駿介は、嫌なものを見てしまった忌ま忌ましさを振り払うようにして、急いでその場を離れた。

歩きながら、右手でズボンのポケットに手を宛《あて》がった。ポケットの中には、三日三晩、悩み苦しみ抜いて書き上げた手紙が入っていた。勇気を奮って春子に手渡そうと何度も機会をうかがったが、結局今日まで手渡すことは出来なかった。

やはりあの日のことがきっかけで、春子は俺のことが嫌いになり、俺を避けるようになってしまったのだろうか？

駿介は悄然として、また後ろを振り返った。

中学校三年生の、暮れもおし迫った師走の冬の日のことだった。駿介は、正月のために出稼ぎ先から一時帰郷していた父に用足しを言い付かった。外に出るのが嫌で、丸くなって炬燵《こたつ》にもぐり込んでいた駿介は、返事をせずに寝たふりをしていた。ここ数日雪が降り止まず、午後からは吹雪模様になっていた。

父の一喝でしぶしぶ起き上がったが、次に「上《かみ》の片桐源次郎さんのどごさ、こいづを届げできてけろ」と言われて態度を豹変《ひょうへん》させた。やる気満々になって身支度を整える息子の姿に、父は怪訝《けげん》な目差しを向けたが、駿介は突然転がり込んで来た僥倖《ぎょうこう》に心が躍って、何も見えなくなっていた。

外に出ると、吹雪が顔を打った。一面真っ白の世界で凍てつく寒さだったが、駿介の身も心も限りない温もりに満ちていた。降り積もる雪に道も田んぼも区別がつかず、何度も足を取られながら春子の家を目ざした。

雪野原の中に、杉の木立と竹藪に囲まれて立つ茅ぶき屋根が見え出すと、駿介の胸は高鳴り、喉がからからに乾いた。

——あの中に春子がいるんだ。学校にいる時とは違う春子が見られるんだ。

学校の行き帰りに、痩《や》せて黒ずんだ茅ぶき屋根と、色あせてささくれだった玄関の板戸を幾度となく見てきたが、その中に入るのは今日が始めてだった。父親の源次郎と、姉弟の春子と宗男は知っていたが、それ以外の家族とはほとんど面識がなかった。

玄関に立って見上げると、茅ぶき屋根の上には深く雪が降り積もり、自らの重みに耐えかねて軒先に厚く垂れ下がっていた。その先からは、長く成長した太い氷柱《つらら》が、駿介の行く手を阻むかのように何本も連なって鋭い牙をむいていた。駿介は、思わず身震いをした。

凍った引き戸をたたいてみたが、中からは何の応答もなかった。それは半ば予想していたことだった。駿介は、戸の奥に細長く続く薄暗い土間の饐《す》えた息づかいを、神経質に嗅《か》ぎ取った。

土間は好きになれなかった。特に造りの大きい家の土間ほど、陰鬱な気持ちにさせられた。冬の間はそれでもまだ良かったが、夏になると、戸外はまばゆい光を豊かに浴びて一面白く輝いているのに、一歩土間に足を踏み入れた途端、そこには時間をかけて厚く織りなされた深い闇が息づいていた。

その闇の息は、ひやりと湿っぽくて、黒々と艶をおびた土間の土からは、饐えた生臭い匂いが湧き上がって来た。

「昔はな、水子《みずこ》を墓に葬ることは許されねがったがら、家の土間さ埋めだんだ」

小さい頃、祖母の口から聞かされた話が、水泡《みなわ》のごとく足もとから浮かび上がって来た。

板戸は固く閉じられたままだった。戸を開けるべきか躊躇《ちゅうちょ》したが、吹雪は金切り声を上げて駿介の全身を白く濁した。体がまたぶるっと震えた。板戸は立て付けが悪く、容易に言うことを聞いてくれなかった。駿介は満身の力をこめて引き開けると、急いで中に飛び込んだ。冷たい闇が体を包んだ。外の嵐が嘘のように、中は深いしじまの中にあった。

土間の右手は、床が駿介の腰あたりまで高くなっていて、部屋に点された明かりが、煤けた障子を透かして土間の上におぼろに浮かんでいた。

駿介は、突き当たりの裸電球の光を浴びた勝手を目ざして進んだ。台所に人影はなかった。春子は勝手にいるのだろうか？

右手の続き部屋の障子が尽き、板間の勝手の前に立った時、駿介目がけて一斉に鋭い視線の矢が飛んできた。駿介は射すくめられて、体の自由を失った。目の前では、家族がちょうど駿介を迎え入れる格好で車座になって座り、晩ごはんを食べている最中だった。

祖父と祖母、そして父親の源次郎とその妻と覚しき大人たちが、囲炉裏をかこんで座ってはいるものの、皆てんでばらばらの格好で、自分の前の膳《ぜん》をつついていた。大人たちの後ろには、こちらに背を向けてやはり食事をしている子どもたちの姿があった。その中に春子の背中もあったのだろうが、突然動きを止めてしまった駿介の目には、映っていないも同然だった。夕餉の情景というには、あまりに猥雑な印象の強いものだった。

しかし、それにも増して駿介の目を釘づけにしたのは、母親と思われる女の嗜《たしな》みを逸した醜い姿だった。自分の母親と年格好は同じぐらいに見えたが、浅黒い顔に頬骨が張りごつごつしていて、その中の太く濃い二つの眉が際立っていた。丈のある体も痩せていて、男っぽい印象を与えた。

その女は駿介の顔を一瞥《いちべつ》すると、再び目を落として床の上にじかに置いた秋刀魚の皿を忙しくつつき出した。秋刀魚は無残に食い荒らされて、その残骸が辺りに点点と散らばっていた。

更に女を醜くさせていたのは、その皿をもんぺから出した素足の内側に宛てがって、立て膝をついて箸《はし》を動かしている姿だった。駿介にとって、大人の男の立て膝姿は珍しくなかったが、老いる前の女のその姿は初めて出会うものだった。駿介の祖父は躾には厳格で、大人の真似をして不躾な振るまいをすると、こっぴどく叱られた。

――この女が春子の母親なんだべが？　春子とは似ても似つかねべや……

女は、駿介の食い入るような目差しに頓着する風もなく、皿の上で長い箸を玩《もてあそ》びながら、切れ長の目に刺刺しい光をたたえて、まじまじと駿介を見た。

駿介ははっと我に返って、

「おばんです」

としどろもどろに挨拶した。

しかし、その脇でどてらを着込んで更に真ん丸くなった源次郎は、一升瓶を前に置き、右手に握った酒のコップを焦点の定まらない濁った目で見つめるばかりで、駿介には何の関心も示さなかった。

駿介は、父から預ってきた封筒を女の方に手渡した。女が面倒くさそうに受け取って封を切り、手紙を取り出して読み始めると、今まで背中を向けていた宗男がくるりと体を捻《ねじ》って手紙をのぞき込んだ。

「見るんでねえっ！」

怒鳴られた宗男は、ぺろりと舌を出して駿介を見、人を馬鹿にした薄笑いを浮かべて手を振った。

――くそっ！　春子の弟でなけりゃ、思いっきりぶんなぐってってとごだ
宗男の隣には、白いセーター姿で卓袱台《ちゃぶだい》に正座して、小さな女の子の口にご飯を運んでやっている春子がいた。いつも見慣れていた長いおさげ髪を解き、後ろで一つに束ねて赤いリボンで結んでいた。

白くたおやかだった頬の線がかすかに翳《かげ》りをおびて細《ほそ》やかになった気がするが、春子に間違いなかった。駿介は、春子が急に大人びて見えてどきりとした。

駿介の視線に気が付いたのか、春子が顔を上げておもむろに振り向いた。二人の視線が出会った。春子はこわばった表情になって、すぐに顔をうつむけた。その時、その白い頬にぽっと赤味が差したのを駿介は見逃さなかった。校舎の廊下や階段で顔を会わせると、春子は笑顔で挨拶をしてくれたが、固い表情で顔を赤らめたのは今日が初めてだった。

――春子もやっぱり、俺とおんなじ気持ちだったんだ

駿介は、白いセーターの背中から目を離すと、改めて勝手の中を冷ややかに眺め回した。最初抱いた猥雑な印象に変わりはなかった。いや、その中に春子の端正な存在を認めたことによって、更に猥雑さが増した。

こんな所に、春子はふさわしくないと思った。源次郎にしなだれかかって手紙を読んでいる野卑な女と春子は、何度見比べてみても似ても似つかなかった。顔を真っ赤にして、だらしない格好で酒をあおっている源次郎にも、小生意気な宗男にも似てはいなかった。

――やっぱり、春子は実の子ではねくて、もらい子だったんでねえのが？　それとも……

駿介の頭の中で、春子は学芸会の劇の安寿と重なり合った。それとも、人買いかなんかにさらわれて、この家に売られて来たのではないのか？　そうして毎日毎日、奴隷のようにこき使われているのではないのか……

そう考えながら春子の背中を見ていると、なんだかさっきよりも体が一回り小さくなった感じがした。源次郎の陰に細い身を隠して、じっと何かに耐えているようにいつまでも動かなかった。

駿介の心が、あっと悲鳴を上げた。なんで、今まで気づかなかったんだ、馬鹿たれっ！　駿介は、底抜けに愚かな自分自身を罵倒した。春子は俺の姿を認めた瞬間から、必死に俺の好奇な目差しに耐えていたんだ。顔を赤らめたのは、俺に好意を持っていたからじゃない。それは、俺の不遠慮な視線に責めさいなまれた羞恥の色だったんだ。そんなことも気が付かず、俺は春子の生活をじろじろとしつこく眺め回し、その心を泥靴で踏みにじってしまったんだ。

駿介はそれから女に何を言われ、自分が何をしゃべったのか覚えていなかった。一刻も早くこの場から立ち去らなければならないという思いだけが、切羽つまった頭の中を駆けめぐっていた。

吹雪は依然として止む気配がなかった。駿介は、取り返しのつかない後悔の念と、償いきれない罪悪感をひきずって、夕闇の迫る雪の街道を歩み去った。

その後も、春子とは学校の中で顔を合わせた。駿介は春子に謝りたかった。何をどう謝ったらいいのか分からなかったが、とにかく謝った上で自分の真意を伝えたいと願った。しかし、その機会は訪れなかった。春子は駿介の姿を見つけると、うつむいたまま足早に通り過ぎた。春子はもう、駿介の手の届かない所に立っていた。

中学校の卒業式の日、春子の目から涙があふれ、白い頬を伝って滴り落ちていった。駿介の心の中には、後から後から銀の雫が身を縒《よ》りながら流れていった。

三

昔から「岳山《たけやま》冷水がかり」と言い習わされてきた村は、東北の脊梁《せきりょう》奥羽山脈の南にそびえる蔵王連峰の、宮城県側の谷あいにあった。北と西を山形県に、そして南は福島県に隣接し、江戸時代には出羽十三大名の参勤交代の宿駅として栄えた。

一年の半分は雪に埋もれる豪雪地帯で、「一里一尺」とも称され、街道筋を東流する白石川《しろいし》を一里西にさかのぼると、降り積もる雪は一尺も増していった。春の雪解けは遅く、白石川の河岸段丘に拓かれたわずかばかりの田畑にかかる水は身を切るように冷たくて、農作物の成育しにくい土地だった。更に夏場に山背《やませ》が吹きつければ、深刻な冷害にもみまわれた。

寒村に生きる人々は、農業と養蚕と山仕事を生業《なりわい》として、細細と生計を立てていた。しかし、家族の多い家や田畑の狭い家はそれだけでは食べていけず、まとまった現金収入を求めて、男たちは冬の間出稼ぎに出た。また、家の長男は跡継ぎとして村に残ったが、それ以外の息子、娘たちの多くは、中学を卒《お》えると集団就職で他郷へ旅立った。

駿介の家は、祖父と父母、そして弟の五人家族で、長男の駿介はいずれは身上《しんしょう》を譲り渡されて家督を継ぐことになっていた。しかし、狭い田畑からの収入だけでは家族を支えることは出来ず、農閑期の間、父は仲間と一緒に関東方面に出稼ぎに出ていた。農業が嫌いな駿介は、中学を卒えると村の製材所に就職した。

駿介は、春子が中学校を卒業したら集団就職で村を離れてしまうのではないかと気が気でなかったが、幸いなことに村に残って定時制高校に入り、今は二年生になっていた。
春子は駿介の願いどおり村に残ったが、二年前の冬の出来事以来、春子とは挨拶の言葉すら交わすことの出来ない状態が続いていた。それとは裏腹に、春子への思いは日に日に募っていった。このまま手をこまねいていれば、春子はますます自分から遠去かっていくばかりである。いっこうに埒《らち》が明かない状況に苛立って、思い切って本心を打ち明けようかと何度も思い立ったが、足の方は地面に固く吸い付いたまま動かなかった。
しかし、今日製材所で源次郎と衝突したことで、駿介の腹は決まった。このまま自分が製材所に勤めていれば、いつか必ず殴り合いの喧嘩になるだろう。それを回避するためには、自分が製材所をやめるのが一番の方法である。そうして、農業は好きではないが、一生懸命働いて金をため、早く春子と一緒になろうと心に誓った。
そのためには、この手紙を一刻《いっとき》も早く春子に渡さなければならない。駿介は足を止めて自転車にスタンドを掛けると、ズボンのポケットから封筒を取り出した。宛名のない白い封筒は、反ってしわが寄っていた。駿介はそれを丁寧に伸ばすと、しっかり封がしてあるか確かめた。中には二枚の便箋が入っていた。悪戦苦闘して、書き直しを重ねた末に残ったものは、
　十八日の日曜日、話がありますので
午後の五時半に神社のけいだいに来て下さい。

待っています。　中川駿介

という、わずか三行書きの文句だった。

封筒を再びポケットに収めて、さてこれをどうやって春子に届けたらいいのかと、また考え込んでしまった。直接手渡すのは、まず無理だろう。それなら切手を貼って郵送するか?

宛名は当然「片桐春子様」でなければならない。裏はどうするか?「中川駿介」と名前が書いてあるのを見たら、春子や親はどう思うだろう、果たして封を切って読んでくれるだろうか? 駿介には自信がなかった。

いっそ匿名にしようかとも思ったが、気味悪がって破り捨てられる恐れもあるし、仮に開けたとしても、差出人が駿介だと分かったら男らしくもないと軽蔑されるかもしれない。

堂々めぐりを繰り返すばかりで、いっこうに埒の明かない頭を抱えて、ああでもない、こうでもないとぶつぶつ独り言を呟く駿介に、すれ違う村人たちは声を掛けるのをためらって怪訝な目を向けた。

こうなったら、もう方法は一つしかない。虎穴に入らずんば虎子を得ずだ。駿介は、ほぞを固めた。窮余の策ではあったが、もう他は考えつかなかった。しかし、結果的には、この「虎穴」はとんでもない落とし穴だった。

春子の弟の宗男は小学生だったが、変に大人びていて一筋縄ではいかないなかなかの曲者《くせもの》だった。根が生意気で、七つ年上の駿介をも平気で呼び捨てにし、馬鹿にしていた。駿介は宗男が苦手で、出来ることなら係わり合いになりたくはなかったが、今はそんなことを言っている場合ではなかった。

「ムネオちゃん」

仲間とメンコ遊びに興じていた宗男は、藪から棒にそう呼ばれて、目をぱちくりさせた。

「なんだ、なんだ、気色《きしょく》悪いな。駿介は女子《おなご》のことばっかり考えすぎで、頭おがしぐなったんでねえのが？」

図星を指されて、今度は駿介の目が虚ろになった。ここで怯《ひる》んでなるものかと自分を取り戻した駿介は、ちょっと話があるんだがと言って宗男の袖を引っぱった。

宗男は迷惑そうな顔をあらわにしたが、意外に素直に言うことを聞いて後を付いてきた。道路脇の話し声が他に届かない所まで来て、駿介は「こいづば、姉ちゃんに渡してほしいんだ」と言って、強引に宗男の手に手紙を握らせた。

宗男は、うさん臭い目つきで封筒を二度、三度とひっくり返した挙句、駿介に突っ返した。

「自分で直接渡したらいいべ」

それが出来れば、こんな苦労はしないのである。

「ほだごと言わねでよ。なっ、頼むがら渡してけろ」

駿介は何度も頭を下げて懇願した。

「こいづ、ラブレターが？」

駿介の顔が真っ青になり、そして真っ赤になった。ぶるぶる震える唇で、やっと一言
「そ、そんなんでねえ」

と吐き捨てるように言った。

「んだら、何なんだ?」

駿介は返答に詰まった。宗男は、駿介の心の内をすっかり見透かしていた。案の定、

「あんなおかめのどごがいいんだ? たで食う虫も好ぎ好ぎだなや」

と挑発的な文句を投げつけてきた。

――なんつうばちあだりのこどを言うんだ。春子は鄙にも稀な美人だと言われでいるんだぞ
心の中で応戦したが、それは表には出せないので、

「何だ、その田んぼで食らう虫も好ぎが、好ぎでねえがって?」

と矛先をかわした。

宗男は、話にならないなと軽蔑した顔で首を振った。

――どごまで小生意気なガギなんだ
「おめはまだガギだがら……いや、まだ子どもだから分がんねべげんともな、俺ぐらいの年頃になれば、この切ない胸の内も分がるようになっぺ」

そう言って、駿介は自分の厚い胸をドンとたたいた。

「ふん」

宗男は小馬鹿にしたような声を出した。

「やっぱり姉ちゃんに惚《ほ》れだんだべや」

もう認めざるを得なかった。なすすべを失って落胆する駿介を見て、宗男の眉がピクリと動いた。

「俺の言う事聞いでくれだら、渡してやってもいいんだげんともな」

溺れもがいていた駿介は、宗男の差し出した一本の藁《わら》に必死にすがりついた。

「聞ぐがら、聞ぐがら」

そう言ってしまった後に、慌てて「俺に出来る事であればな」と付け加えた。

「そんな難しい事ではねえ」

宗男はそう言ったきり、鱗雲《うろこぐも》の空の一点をにらんだまま動かなくなった。

駿介は、言いようのない不安に駆られた。ここで、とんでもない要求を突きつけられたらどうしよう。それこそ手紙どころの話ではなくなってしまう……

「明日は運動会だよな?」

「……」

「明日晴れれば、朝六時に落下傘花火打ち上げられっぺ。その落下傘取ってけろ。取ってけだら、姉ちゃんにラブレター渡してやっからよ」

予想外の要求だった。あまりにも幼稚な内容に、駿介は肩すかしを食って言葉を失った。よりにもよって、なぜそんなものを要求するのか、宗男の真意がはかりかねた。俺をからかっているのか？　それとも単に幼いだけなのか？　宗男の表情をうかがったが、いつもの人を食った笑みは消えていた。

駿介は大きく息を吐いた。冷静になって考えてみると、要求自体は幼稚なものの、いざそれに応えるとなると決して容易ではないことに気がついた。

　春と秋の祭りや、運動会などの村あげての行事の際には、早朝に開催を知らせる花火が上がった。打ち上げ花火には、落下傘が付いていた。空中に打ち上がった落下傘が風に乗って浮遊し出すと、あちこちから人が集まってきて落下傘を追いかけ、着地するやいなや大人も子どもも入り乱れて奪い合いになった。

　その瞬間は、子どもをいたわろうとか、子どもに花を持たせようというような高尚な倫理観が入り込む余地は跡形もなく消し飛んで、力だけがものを言う世界へと一変した。

　駿介は背丈があり、手も足も早く喧嘩も強かったので、これまで二箇の落下傘をつかみ取っていた。落下傘のヒモには、カバヤのミルクキャラメルの箱が結び付けられてあった。

　宗男はそれを取ってこいと言う。もうあんなみっともない真似は、したくはなかった。万が一、春子に見られでもしたら、一発で嫌われてしまうかもしれない。

　駿介は、宗男の要求をきっぱり撥《は》ねつけたかった。が、やはり思いとどまった。

　――背に腹は替えられねえ。落下傘をつかみ取れば、俺は春子を自分のものに出来るんだ。もうやるしかねえ！

　駿介は、宗男の要求をのんだ。

四

そうして宗男と約束はしてみたものの、一人になって、果たして落下傘をつかみ取ることが出来るのだろうかと考えていると、不安でなかなか寝つかれなかった。打ち上げ花火は、数十秒の間隔で二発上げられるはずだった。そのどちらに狙いを定めるか？

一度に二つの落下傘を狙うのは、二兎を追う者は一兎をも得ずと言われるくらいだから、まず不可能だろう。しかし、何もせずにみすみすチャンスを逃すことは出来ない。

駿介はそう考えて、弟の裕二《ゆうじ》を第二の捕捉者と決めた。裕二は、何で俺がほだなごどをしなければなんねんだと反抗したが、力づくで言う事をきかせた。問題は、いったい何人の敵と奪い合いになるかである。いや、敵は人間だけではなかった。もしも高い木の枝に引っかかったら、あるいは、池の真ん中に落ちてしまったら面倒なことになる。中でも一番の問題は、電線に絡んでしまった場合である。そうなったらもう万事休すだ。

駿介はふと、小学校四年生の時学校の講堂で見せられた、総天然色の外国映画のシーンを思い出した。発明家の祖父と冒険好きの少年が、祖父の作った気球に乗って二人で空の旅をする物語だった。

空から見下ろした地上の広大な映像の連続に、駿介の心は自分が鳥になって飛んでいるような快感に満たされた。放射状に真っ直ぐ伸びた道路、整然と立ち並ぶ石造りの街並み、塔がそびえ、大きな川が流れ、工場の煙突からもくもくと煙が立ち上っている都会の情景に、すっかり魅了された。

やがて気球は郊外を旅する。深い森の中に古城が立ち、収穫真っ最中の麦畑が広がる。白い大きな鳥の群れが下空を飛び、原野にはカモシカの群れが走り回っている。どこか自分の村にも似ていると駿介は思った。

途中、山火事の上空を飛んで気球は爆発してしまうが、新しい気球に乗って再び旅を続ける。はらはら、どきどきの連続である。

難関のアルプス山脈越えに成功した後、少年一人だけになってしまった気球は海に向かい、高度がどんどん下がって行く。夕暮れ迫る海岸を低空飛行する気球から、少年は思い切って飛び降りる。気球は少年を残して上昇し、みるみる小さくなって行く。

突然、そこでフィルムが焼け焦げた。ジューとカルメ焼きのような泡を吹いて四方に広がったかと思うと、スクリーンが真っ白になった。照明が点いて講堂は明るくなったが、皆怪訝な顔になってざわついた。駿介もまぶしさに目をしばたきながら、果たしてあのシーンで映画が完結したのかどうか気になった。

その時の割り切れない思いは、今も消えずに残っていたが、改めて映画のシーンの数々を思い返してみると、もう一つ気になることに思い当たった。

それは、映画の中でいつもドタバタと気球の後を追いかけてばかりいる祖父の助手の存在だった。その滑稽な仕草に腹を抱えて笑い転げたが、今はその助手の姿に、落下傘を追いかけてやみくもに走り回る自分の姿が重なってしまった。

——縁起でもねえ

駿介は明かりを消すと、頭から布団をかぶった。

夢を見た。駿介が発明した気球に春子を乗せて、村の上空を飛んでいる夢だった。その気球の後を、宗男がしきりに何か叫びながら追いかけていた。

東西に走る街道沿いに、茅ぶき屋根が連なり、その傍らを白石川が銀色に輝いて流れていた。山裾に広がる稲田の帯は、刈り入れを待って一面黄金色に染まっていた。

春子は、最初のうちは脅えて顔を両手で覆っていたが、眼下に広がる雄大な眺望にいつしか驚嘆の叫び声を上げ、何度も溜め息をついた。

気球は村を離れて、蔵王連峰を目ざした。深い森の中に神秘の湖沼が現れ、青い湖面に点点とボートが浮かんでいた。春子と二人で乗るボートも悪くないなと思った。不忘山麓《ふぼう》の広大な高原牧場には、放し飼いの牛の群れがのんびりと草を食《は》んでいた。そして、一八〇〇メートル級の屏風岳《びょうぶだけ》の左側には、高山植物の大湿原地芝草平《しばくさだいら》が広がっていた。

駿介は、うっとりとした目で何度も溜め息をついている春子の横顔を見つめた。ふと、春子も駿介の熱い視線に気がついて、真正面から駿介を見返すと、静かに目をつぶった。

誰も見ていなかった。誰も邪魔する者はいなかった。今しかない。駿介は、春子の細い体を思い切り抱き締めようと近づいた。途端に乗っていた篭《かご》がグラリと傾いた。急に隅に寄りすぎてバランスを崩したのだ。まずいと思った時はもう手遅れだった。篭に取りすがるひまもなく、二人の体は空中に投げ出されて、物凄い速度で真っ逆様に落ちて行った。

みるみる村の全景が大きくなり、もう駄目だと観念した時に、目の前でバンと花火が炸裂して落下傘が現れた。駿介は夢中でしがみ付いたが、打ち上げ花火の落下傘はあまりに小さすぎた。駿介は落下傘を握り締めたまま、黄金色の田んぼめがけて落ちて行った。

「ウワーッ！」


断末魔の叫び声を上げて飛び起きた。一瞬、自分がどこにいるのか分からなくなった。体中びっしょりと汗をかいていた。うす明るくなった部屋はしんと静まり返って、ついさっき上げた自分の叫び声が、まだ部屋の中にこだましている気がした。

今日の自分の運命を暗示するような、不吉な夢だった。駿介はぶるぶると頭を振った。

——そんなことはねえっ！　俺は絶対落下傘を取ってやる
寝不足だったが、頭は冴え返っていた。表に出ると、ひやりとした清澄な大気に包まれた。空は、これこそ運動会日和《びより》と言うのか雲一つ無く晴れ渡り、秋の風が頬をなでて行った。足もとの草の葉をむしり取って頭上にかざすと、西の方になびいた。

昨夜予想していたとおりだった。駿介の体験から導き出した計算によると、小学校の校庭から打ち上げられた落下傘は、風に乗って村の上《かみ》の西南の方角に向かい、春子の家の上空を飛んだ後子どもたちが鮒《ふな》釣りをして遊ぶ弁天池辺りに着地するはずだった。池の真ん中に落ちないように、近くの電線に引っかからないように、ひたすら神仏に祈るしかなかった。

　打ち上げ予定の六時までには、まだ間があった。コスモスの花を揺する風が、やや勢いを増しているように思えて、駿介はまた草の葉を高くかざした。葉は弁天沼の方角になびいてはいるものの、時折思わぬ方向に流れた。

　弟の裕二を起こしに家に戻った。何度声を掛けても目を覚まそうとしないのに苛立って、思い切り掛け布団を引きはがすと、ふくれっ面をしてしぶしぶ寝床から起き上がった。駿介はその耳もとに、「一発目の落下傘は俺が追っかげる。おめは二発目の落下傘ば追っかげろ。いいが、必ずつかまえろ。つかんだら、どだなごどがあっても決して放すんでねえぞ。分がったな」

と何度も念を押した。

　食欲はなく、喉だけがやたらと乾いた。ポンプで汲み上げた井戸水をがぶ飲みして、畦《あぜ》道を歩いて小学校近くに移動し、六時になるのを待った。まだ眠気の覚めやらない裕二は、あくびをしながら夢遊病者のように刈田《かりた》の中をさまよっていた。

「ドーン！」と大地を揺るがす轟音が上がった。少し間を置いて、パン、パン、パンと小太鼓を力いっぱいたたいたような高音がして、青い空に硝煙が立ち、中からゆらりと落下傘が現れた。同時に、わあっという歓声が上がった。いったいどこから湧いて出たのか、駿介目がけて四方から人々が走って来て、あっという間に追い抜いて行った。仰天した駿介は、慌てて後を追って走り出した。

土手をかけ下り、小川を飛び越えて一目散に走った。細くくねる畦道を踏み外してぬかるみにはまり、草むらに足を取られて思い切りひっ転んだ。畑の畝《うね》を蹴散らし、人家の庭を踏み荒して、夢中で落下傘を追いかけた。

自分の前を数人の男たちが走っていた。子どもだけでなく、駿介より年上の大人も交じっていた。早く追いつこうと脚に鞭《むち》を入れて走ったが、一向に差が縮まらないのに駿介は焦りを覚えた。と、激しく上下する視界の先に、見たことのある背中が飛び込んできた。

「なんで？　なんでおめは一発目の落下傘ば追っかげでんだ？　馬鹿たれっ！」

駿介は声を限りに弟の名前を呼んだ。しかし、その声は届かず、裕二は空を見上げ、こぶしを振り上げてがむしゃらに走り続けた。駿介は唇をかんで目をつぶった。これで二発目の落下傘を手に入れる可能性は消えてしまった。

風向きが刻刻と変わるのか、落下傘は東に進路を取ったかと思うと、すうっと南の方に流れ、みるみる降下したかと思うと再び上昇して行って、追いかける者を翻弄した。

駿介の頭の中で、また映画の助手の姿と今の自分が重なり合った。

「冗談じゃねえ！」

へたりそうになった五体に、最後の活を入れた。

未練がましく低空飛行を続けていた落下傘がようやく着地した所は、あろうことか、畑の中に一本残った大きな柿の木の枝先だった。

ここまで必死に追いかけてきた男たちは、柿の木の根もとに集まって喘《あえ》ぎ喘ぎ天を仰いだ。落下傘は、柿の木の天辺近くの細くなった枝先に、逆さまになって水母《くらげ》のようにゆらゆら揺れてぶら下がっていた。

最悪の事態だった。駿介も肩を大きく上下させながら、呆然として柿の木を見上げていた。すると、目の前にいた煙草屋の守《まもる》が猛然と幹に飛び付いてよじ登り始めた。柿の木は折れやすい。以前に柿の木からたたき落ちて、七転八倒の苦しみを味わっていた駿介の脳裏に、忌わしい記憶がよみがえった。しかし、今はもうそんなことで躊躇《ちゅうちょ》している場合ではなかった。

「そうりゃ！」と駿介も勢いよく柿の木に飛び付いた。木登りが得意中の得意とあって、あっという間に守を追い抜いて登って行った。

下からは、「負げんな！」「ほら、そっちの左の枝ばつかめ！」「なにぐずぐずしてんだ、しっかりしろっ！」と、勝手放題の声が上がった。

柿の木の天辺近くまで上りつめた。目測では、落下傘はもうぎりぎり手を伸ばして届く距離の枝先にぶら下がっていた。しかし足場が不安定で、幹にすがり付いたまま精一杯手を伸ばしてみても、あともう少しのところで落下傘に届かなかった。左手を伸ばしてみたが、やはり駄目だった。

こうなったら落下の危険を覚悟で、枝の太いところに体を絡ませて、左手をいっぱいに伸ばしてつかみ取るしか方法はなかった。もたもたしていると、柿の実をもぎ取る竹棹《たけざお》を持ってきて、枝ごと落下傘をかっさらわれる恐れもあった。

「駿介、危ねえがらもうやめろ！　枝折れだら、ただぎ落ぢっと。死んだらどうすんだ！」

下からそう叫ばれて怯んだ駿介は、伸ばそうとしていた左手を引っ込めた。

「手紙どうなってもいいのが？」

続いて上がった声に、はっと我に返って地上を見下ろすと、野次馬の群れの中に宗男の顔があった。

――しっかりしろ、駿介！　ここまで来てやめるのが？　もうやるしかねえんだ！

駿介は己を叱り付け、春子の顔を思い浮かべた。

「よしっ！」

駿介は勇を奮って左手を伸ばした。あともう少し、あともう少しだと自分に言い聞かせて上体を枝に預け、左足を一段下の枝に据えて、左手を痛くなるまで伸ばし続けた。下にいる者は皆、固唾《かたず》をのんで見守った。

ついに左手の指が落下傘に触り、そしてそのひもをつかんだと思った瞬間、踏んばっていた足もとで「バキッ」という絶望的な音がした。

「あっ！」

と叫んだ時には、駿介の体は大根畑めがけて真っ逆様に落ちて行った。

幸いにも、落ちた所は堆肥が積まれてあったので大事には到らなかったが、背中をしこたま打って息が出来なくなり、うめき声を上げてのた打ち回った。

やっと正気に戻った駿介は、とっさに左の拳《こぶし》を開いてみたが、中には何も握られていなかった。目を戻すと、くちゃくちゃガムをかんだ宗男がいつもの薄ら笑いを浮かべて見下ろしていた。

駿介と目が合った途端、

「バカヤローッ！」

と捨て台詞を吐いて、舌を出して走り去った。

駿介は大の字になったまま、柿の木を見上げた。落下傘は、何事もなかったように天辺の枝葉の先に逆さまにぶら下がって、ヒラヒラと風に揺れていた。

あんな高い所から落ちて、よく死ななかったもんだ——駿介は、自分が今生きているのを確かめるように大きく息を吸い込み、腹の底から吐き出した。

突然、一陣の風が立ち、柿の木を揺るがして行った。逆さまになってぶら下がっていた落下傘は、二度、三度と身震いを繰り返すと、ふわりと枝から離れて大空高く舞い上がり、みるみる小さくなって行った。

引用・参考文献等
森鷗外『山椒大夫』新潮文庫
映画『素晴らしい風船旅行』（一九六〇・仏）

解　説

勝又　浩

料理には素材のもつ価値とは別に盛り付けや器で楽しませ食べさせるという側面があるが、小説にもそれとよく似たところがあるのかもしれない。この「現代作家代表作選集」を第1集からいただいて拾い読みしてきたが、長年同人雑誌上で読み重ねてきて承知しているつもりの作者が、この叢書で読むと今までとは違う、時にはまったく思いがけない印象をもって立ち上がってきて、意外だったり新発見だったりしたことが一度ならずあったからだ。

思うに、雑誌でも単行本でも、出来上がった一冊一冊にはそれなりの顔や雰囲気、内側から言えば性格や命があるのだろう。それで、その全体の持つ力が、逆に中の一編一編を染め上げたり支配したりということがあるのに違いない。小説においても容れもの、あるいは上演して見せる舞台はやはり大事なのである。〝可愛い子には旅をさせろ〟で、作者たる者すべからく己の生み出した子・作品をさまざまな舞台に送り込んでみるのも必要なことなのだろう。

今回も、この第4集の校正刷りを見せてもらって、思いがけない新発見がいくつもあったが、それは個々の作品のところで述べることとしよう。

斎藤史子（さいとう・ふみこ）、「**傷痕**」初出は「奇蹟」65号（二〇一一年一二月）、66号（二〇一二年七月）。

宮城県塩釜市で東日本大震災と津波に遭遇した一家の話である。十八年前の阪神淡路大震災の後も関連作品をたくさん読んだが、大きな災害はやはり自然や生命への深い問いを促すのであろう。今度の東日本大震災も既に二年が経って、衝撃体験報告だけではない作品を見るようになった。この「傷痕」もそんな中の代表的な一編である。雑誌「奇蹟」は大阪が拠点、大阪女性文学賞の受賞者である作者斎藤史子も関西の人という覚えだが、この小説では人物たちの東北弁が細やか生きていて思いがけなかった。作中には中心人物である八重子の高校時代からの友人として京都在住の皆川頼子が登場するが、そのあたりの関係に作者身辺の反映があるだろう。その頼子は阪神大震災のとき、息子夫婦を失って、奇跡的に助かった生後一か月の孫娘を引き取って育てている。そんな経歴を持つ一家が仙台まで訪ねて来て、やはり母親を津波で失った八重子の孫娘知加に対面、慰めるという場面は、この一編の美しい展開である。小説は過酷な現実を描きながら、全体に善意に満ちた人々によって包まれている。それは当然この作者の個性が生み出した色調であるが、それはまた、良くも悪くも根柢のところでは日本全体の民族的色彩でもあるだろう。その、個性的色調と民族的色彩の重なりにこの作者の確かさもあるのだと思われた。

重光寛子（しげみつ・ひろこ）、「**じいちゃんの夢**」初出は「滋賀文学　第52回滋賀県文学祭作品集」（二〇〇二年二月）。

高校に入学した男の子が主人公。彼の目からその家庭が観察され、語られている。高校では、中学でのバスケットボールをやめて野球部に入る。そこにも愛らしいエピソードがあるが、話の中心は漁師である祖父との交流にある。祖父はレーダーや魚群探知機など近代装備は一切使わな、昔ながらの小舟で、ひたすら勘に頼る漁法を続けている。しかし、そう人によく見られる独特な知恵とを備えていて、「僕」は慕っている。休日には早起きして漁に付いて行ったりするが、先行きの心細い漁師稼業など認めず、息子にはサラリーマンになってほしい母親はやきもきしている。こんなふうに主人公は将来何になるか考え始めてはいるのだが、小説の長さのゆえか成長小説にはなっていない。児童文学と少年もの小説との中間くらいのところにあると言ったらよいであろうか。「じいちゃん」自身の「夢」は当然孫息子が自分の精神を引き継いでくれることにあるだろうが、果たしてどうなるか。作者はどちらとも断言してないようだが、それは読者が考えよということになろうか。

地場輝彦（じば・てるひこ）、「**瑞穂の奇祭**」初出は「たまゆら」89号（二〇一二年一二月）。作者は『吉野郷草話』（平成17年）の著書を持つ人。民話やそれにまつわる話を書く人だが、ここでは奇祭として知られる奈良の飛鳥坐神社の「おんだ祭り」を中心に、そこにからむ庶民の哀話を叙している。時代は何時頃と設定しているのか、主人公を「天秤棒を担いで『魚売り』をしていたが」としているから、せいぜい昭和二十年代までのことなのであろう。そのあたりの生活背景をもう少し書き込んでゆくと特異な小説になったであろう。お祭りや民俗自体を伝えることと、小説としての完成度と、その両立は難しいに違いない。

登　芳久（のぼり・よしひさ）、「**てりむくりの生涯**」初出は「土曜文学」7号（二〇一二年六月）。

作者は現在、雑誌「文藝軌道」に一種の作家列伝である「昭和文人の記憶」を連載していて、私は目に止まる限り愛読しているが、評論分野でも特色ある書き手である。作者のそうした資質は小説のうえにも顕著な性格を見せていて、たとえば小見出しにもそれが見えている。さして長くもない小説に「第一章　最初の教科書は母親の手書きだった」というタイトルは、現代の小説としては相当特異だが、しかもそれはお終いの「第四章　養子を断っても教科書だけは届いた」と、きちんと対応しているのだから面白い。あるいは、教科書にまつわるさまざまな歴史的な説明などもその例である。「〈サイタサイタ本〉として有名な国内初の色刷り教科書（昭和八年制定の第四期国定教科書）」というような注記を読者はどう読むだろうか。おそらく、若い世代にはこれだけではイメージが持てないだろうし、逆にイメージできる年長世代には話の進行を妨げる、小説としてはまことに無粋なノイズだということになろう。遠慮なく言えばそういうことになるが、一方、作者のこうした小説としてはいかにも硬い文章が、この極貧家族の苛烈な生活を、情に負けず流されず、客観的に描きあげて行く保障となっているのに違いない、とも思う。語り手である「私」がどれほど作者自身を反映しているのか確証はないが、主語がしばしば省略される一人称語りからして、いわゆる私小説だと見てよいのであろう。書くことに伴う、古い傷口をいたぶるような痛苦を超えて行くためにも、この史伝的な、社会派的な文章スタイルが必要だったのではないだろうか。

蛇足だが、この主人公の世代だと、戦中の「国民学校」が戦後もまだ続いた、その最後の方になるはずで、教科書もその切り替わりで変わったのではないだろうか。私なども、質の悪い紙に印刷されて裁断されないまま配られた新しい教科書を、先生の指導に従って折って綴じたのを憶えている。

藤野　碧（ふじの・あおい）、「**雪舞**」初出は「いかなご」2号（二〇〇七年一月、原題は「雪っこ鬼」）。

節分の日の一日を中心に、北国の小学一年生の女の子二人の生活がスケッチされている。女の子の一人は、事情あって一年間預けられている遠縁の子だが、幼いながら親から離された居候生活のみじめさを感じているのだろうか、なかなか負けず嫌いなうえに、性格のよくないところも見せている。成績もよくはないが、不思議に絵だけはとびぬけて上手で、廊下に張り出されることが多い。二人はともに一人っ子だが、預かっている家の女の子の方に語らせて、大人には見えない子供の世界をよく浮かび上がらせている。なお作者は平成十九年に、前出の重光寛子らと同人雑誌「いかなご」を起こした一人である。

渡辺光昭（わたなべ・みつあき）、「**落下傘花火**」初出は「仙台文学」73号（二〇〇九年一月）。

一年の半分は雪に埋まるという東北の山深い村が舞台。中学卒業後、村の製材所に勤めて一年半になる俊介。彼には、ともに小学校の学芸会に出て以来好きになった女の子がいて、彼女への思いの為にさまざまな苦労をしている。仕事場で、無法な源次郎の横暴に耐えているのも、源次郎が彼女の父親だと思えばの我慢であるし、小生意気な裕二の図に乗った要求に従うのも裕二が彼女の弟だからである。小説はこんな構図をとっているが、特色は荒々しい人間像と人間関係を、少年と青年の境目にいる十八歳の主人公を通して浮かび上がらせようとしているところであろう。難しい年頃の難しい心理状態を、打ち上げ花火が落とす落下傘を追いかけるというエピソードに絡めて丁寧に辿られている。

年頃の近い、先の「じいちゃんの夢」の主人公と並べてみると、その人間造形の色調の違いに驚くが、これは風土、海と山との違いではなく、作者の狙うものの違いであるのは言うまでもない。

以上、駆け足ではあるが収録六編を概観してみると、ここには大震災から敗戦直後の生活、あるいは民話民俗伝承に絡む話まで揃っている。舞台としては都会から山の中までというように、時間的にも空間的にも広がりある世界が展開されていた。それらは自ずから現代のわれわれが生きている現実、社会の反映であるだろう。一編一編はみな限られた自分の世界を守っているのだが、合せてみると、それは結局今の日本全体を映しているのである。強調すれば、ここには日本の今がありますと言ってよいのだが、そうしたアクチュアルな広がりとともにもう一つ、これらの六編がみな、何らかの形で家庭という問題を見せ、考えている事実にも、私は改めて唸る思いをしたのである。家庭という場、問題は、思うにいつの時代にあっても小説の原点であり、また源泉なのだ。

（文芸評論家）

現代作家代表作選集　第4集

発行日　二〇一三年七月二〇日
解　説　勝又　浩
発行者　加曽利達孝
発行所　鼎　書　房
〒132-0031　東京都江戸川区松島二-一七-二
TEL・FAX　〇三-三六五四-一〇六四
印刷所　太平印刷社
製本所　エイワ

ISBN978-4-907282-04-2　C0093

現代作家代表作選集

四六判　各巻　本体一、六〇〇円＋税

第1集

収載作品

こけし——菊田英生
とおい星——後藤敏春
小糠雨——小山榮雅
ティアラ——斎藤冬海
紅鶴記——佐藤駿司
みずかがみ——三野恵
ぬくすけ——杉本増生
鯒（こち）——西尾雅裕
解説——志村有弘

ISBN978-4-907846-93-0　C0093

第2集

収載作品

贋夢譚　彫る男——稲葉祥子
アラベスク——西南の彼方で——おおくぼ系
一番きれいなピンク——紀田祥
夏・冬——西尾雅裕
東京双六——吉村滋
解説——志村有弘

ISBN978-4-907846-96-1　C0093

第3集

収載作品

二十歳の石段——木下径子
炬燵のバラード——桜井克明
文久兵賦令農民報国記事——中田雅敏
イエスの島で——波佐間義之
解説——志村有弘

ISBN978-4-907846-98-5　C0093